Dir, meiner treuen Gattin Gerda,
und lieben Mutter unserer fünf Kinder,
gewidmet zu Deinem 80sten Geburtstag,

Dein Alfred.

Zum Autor

Alfred Heim hat seine Kindheit und Jugendzeit in aufeinanderfolgend mehreren familiären Kreisen oder öffentlichen Heimen verbracht.

Er kennt die Probleme derjenigen Jugend, welche vom Schicksal nicht sehr begnadet ist, in gut geordneten, vertrauten Familienverhältnissen aufzuwachsen.

In seiner Schulzeit interessierte er sich für Bibelgeschichten und Fragen der Schöpfung Gottes.

Dabei erfuhr er öfters auch ein Voraussehen von später eintretenden Geschehnissen.

Selbstständig geworden, absolvierte er ein 4-jähriges Ingenieurstudium und anschliessend höhere Mathematik an der Volkshochschule.

Neben seiner Ingenieurtätigkeit unterrichtete er am Abendtechnikum in den Fächern Hebezeugtechnik und Mathematik. In späteren Jahren widmete er sich seinem Wohnbezirk, als Schweizerischer Schwimminstruktor, für Schwimmkurstätigkeit für Jung und Alt.

In seinem Wohnkanton gründete er hiezu zwei Schwimmclubs.

Er war Vater einer siebenköpfigen Familie.

In seinem Pensionsalter ist es sein Anliegen, als Autor, das Verständnis zu fördern gegenüber gesellschaftlich und finanziell benachteiligten Mitmenschen, speziell der Jugend.

Dazu äussert er sich auch über die für unsere Gesellschaft so wichtigen Fragen des Woher und Wohin, sowie den tieferen Sinn unseres Lebens.

*Ohne Tränen hätte die
Seele keinen Regenbogen.*

(Luc, ein Leben in Helvetiens Landen)

Bibliografische Information der Deutschen Nationalbibliothek:
Die Deutsche Nationalbibliothek verzeichnet diese Publikation in der
Deutschen Nationalbibliografie; detaillierte bibliografische Daten sind im
Internet über
< http://dnb.d-nb.de > abrufbar.

© 2008 Alfred Heim
Umschlaggestaltung, Herstellung und Verlag:
Books on Demand GmbH, Norderstedt
ISBN: 978-3-8334-8681-4

Ohne Tränen hätte die Seele keinen Regenbogen.

(Luc, ein Leben in Helvetiens Landen)

Die Personen in Luc's Lebensgeschichte

Stammbaum :

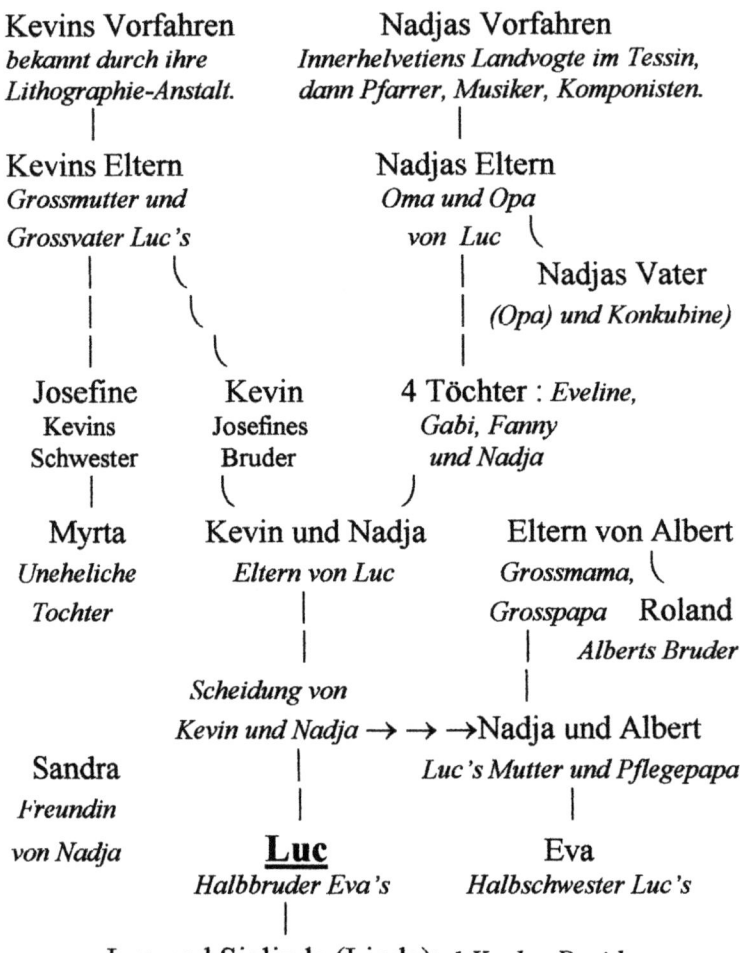

Kevins Vorfahren
bekannt durch ihre
Lithographie-Anstalt.

Nadjas Vorfahren
Innerhelvetiens Landvogte im Tessin,
dann Pfarrer, Musiker, Komponisten.

Kevins Eltern
Grossmutter und
Grossvater Luc's

Nadjas Eltern
Oma und Opa
von Luc

Nadjas Vater
(Opa) und Konkubine)

Josefine
Kevins
Schwester

Kevin
Josefines
Bruder

4 Töchter : *Eveline,*
Gabi, Fanny
und Nadja

Myrta
Uneheliche
Tochter

Kevin und Nadja
Eltern von Luc

Eltern von Albert
Grossmama,
Grosspapa Roland
Alberts Bruder

Scheidung von
*Kevin und Nadja → → →*Nadja und Albert
Luc's Mutter und Pflegepapa

Sandra
Freundin
von Nadja

Luc
Halbbruder Eva's

Eva
Halbschwester Luc's

Luc und Siglinde (Linda); *1 Knabe: David,*
4 Töchter: Theresia, Ramona, Elisa und Eveline

3

Personen-Verzeichnis (alphabetisch):

Albert	Luc's Pflegepapa, zweiter Mann von Nadja
David	Sohn von Linda und Luc
Elisa	3. Tochter von Linda und Luc
Eva	Halbschwester Luc's
Eveline 1	2. Tochter von Oma und Opa / Luc's Tante
Eveline 2	4. Tochter von Linda und Luc
Fanny	3. Tochter von Oma und Opa / Luc's Tante
Gabi	4. Tochter von Oma und Opa / Luc's Tante
Grossmama / Grosspapa	Albert's Eltern
Grossmutter / Grossvater	Luc's Grosseltern väterlicherseits / Eltern von Kevin
Josefine, Schwester Kevins / Luc's Tante väterlicherseits	
Kevin	Luc's Vater / Bruder von Josefine
Linda (Siglinde)	Luc's Gattin
Luc	**Ein Bürger Helvetiens**
Myrta	Josefine's Tochter/ Luc's Cousine väterlicherseits
Nadja	1. Tochter von Oma und Opa / Luc's Mutter
Oma und Opa	Luc's Grosseltern mütterlicherseits
Roland	Albert's Bruder
Ramona	2. Tochter von Linda und Luc
Sandra	Berufskollegin von Nadja
Theresia	1. Tochter von Linda und Luc

Orte des Geschehens :

In den Städten Mönchenstadt, Seldwila an der Dalba und
Reiken an der Resar; der Freistaaten Mönchland, Kirgau,
Grischuna, Seldwila und Godien; im Lande Hevetien.

Vorwort

Luc's Lebensgeschichte zeigt ein Beispiel, eines in
unserer Gesellschaft des zentralen, christlichen
Helvetien, nicht mit grossen weltlichen Glückschancen
beschenkten Mitbürgers.
Finanzielle Grundlagen, Beziehungen zu massgebenden
Kreisen und mögliche höhere Ausbildung bestimmen den
Lebensstandart und das allgemeine weltliche
Wohlergehen.
Je nach Grad dieser bevorzugenden Einflüsse wird es
ihm möglich einen Stand von überdurchschnittlich
gesellschaftlichem Ansehen zu erlangen.

In Ermangelung solcher grundlegend weltlicher Vorteile,
wird für jeden betroffenen Mitbürger das Leben viel
schwerer. Stehen bei seinem Eintritt (Geburt) in dieses
weltliche Dasein noch sich negativ auswirkende
Einflüsse aus Eltenhaus und Gesellschaft an, kann sich
sein Leben nur sehr mühsam in einer sozial und
menschen-beziehungs-freundlichen Art entwickeln.
Seine Entfaltungschancen sind durch viele
gesellschaftliche Zwänge sehr stark eingeschränkt.

Gute, bessere Bildungschancen und folgende berufliche
Erfolge werden gehemmt oder gar verunmöglicht.
Unsere Gesellschaft kennt viele in schwierigen
Lebenssituationen stehende Mitbürger. Gehört man
einmal zu solchen Kreisen, ist es schwer, bis fast
unmöglich, sich daraus zu befreien.

Wohl gibt es Hilfebestrebungen. Nur sind diese meist nur ein Tropfen auf einen heissen Stein, und oft gar nicht grundlegend helfend. Wenn die Gesellschaft kein Instrumentarium besitzt und anwendet, das die Ursachen jedes notgezeichneten, menschlichen Daseins grundsätzlich und konsequent aus der Welt zu schaffen versucht, wird diese Tatsache bestehen bleiben.

Helvetien nennt sich ein hauptsächlich christliches Land. Wenn darin das gepredigte Christentum mit seiner wahren christlichen Kraft im vermehrten Dienste auch den schwächeren Volksmitgliedern zu gute kommen würde, könnten deren Notursachen zum grossen Teil auch aus der Welt geschafft werden.

Die vorliegende Geschichte von Luc erzählt sein Leben und seine Entwicklung, ab seiner Geburt, bei der für ihn damals vorhandenen familiären Umfeld-Situation, bis zum Erreichen einer eigenen sozial gesicherten Familie. Sie zeigt dabei einige in unserer gesellschaftlichen Struktur verbesserungswürdige Lebensbeziehungen und deren möglichen, unheilvollen Einflüsse und Auswirkungen. Es ist auch schwer zu verstehen, dass in dem vom sogenannten Christentum geprägten, abendländisch, menschlichen Lebensraum, derart vordergründig materialistisches und eigennütziges Denken und Handeln überwiegt, und echte, edle Moral mit gegenseitiger Hilfsbereitschaft oft so kümmerlich oder teilweise gar nicht vorhanden sind.

Luc's familiäres Geburtsumfeld

Luc's früheste Erinnerungen reichen zurück bis in sein
3. oder 4. Lebensjahr. Auf Grund seiner späteren
Nachforschungen konnte er von vorherigen
Geschehnissen erfahren und auch darüber berichten.
Die ihm so zugänglichen Informationen über die
Umstände und die Umwelt, in die er hineingeboren
wurde, geben kein erfreuliches, eher ein trübes, nicht viel
Daseinsglück versprechendes Bild.
Die Schicksale, und die daraus resultierenden sozialen
Verhältnisse, aus denen seine Eltern Nadja und Kevin
ihrer Kindheit entwuchsen, prägten ihren Lebensweg in
ihr Erwachsenendasein in ungünstiger Weise. Die
beruflichen und familiären Verhältnisse von Nadjas
Eltern zeigten zwar anfänglich ein vielversprechendes,
sozial gesichertes Bild.
Denn Nadjas Eltern besassen anfänglich eine bekannte
Konditorei in innerhelvetiens grösster Stadt. Dies war
ihnen möglich, da Nadjas Vater Konditormeister war und
Nadjas Mutter das notwendige Geld beisteuern konnte.
Nadjas Vater war ein fleissiger Berufsmann und ein
gutmütiger, und gutgläubiger Mensch.
Als solcher leistete er eines Tages einem sogenannten
Freund für dessen Geschäftsvorhaben eine grössere
Bürgschaft.
Mit dieser vertrauensvollen Freundeshilfe begann für die
Familie von Nadjas Eltern eine dramatische, sozial
verheerende und Familienfriede zerstörende
Entwicklung.

Der von Kevin mit Bürgschaft unterstützte Freund ging in der Folge bankerott. Nadjas Vater und Familie verloren Geld, Gut und Konditorei.

Vor Zeiten haben Mitmenschen noch öfters für geschäftliche Finanzierungen guter Verwandter oder Bekannten treuherzig, vertrauensvoll und hilfsbereit Bürgschaften geleistet. Nur all zu oft endeten solche Hilfeleistungen im Ruin des schuldlosen Bürgen und zerstörten meist auch dessen familiären Verhältnisse. So entstand der heute jedem geläufige, warnende Leitsatz:

„Bürgen tut Würgen".

In den allermeisten Fällen kommt eine Wiedergutmachens-Anstrengung der Verbürgten nicht vor. Dies weil der einst die Bürgschaft in Anspruch genommene, sich nach erfahrener Insolvenz bewusst davon drückend, nicht mehr um die an seinen Freunden verursachte Not bekümmert;
obwohl dieser sich in unseren abendländischen Regionen zu den Christen zählt. Natürlich wäre in solchen Fällen der einst Gebürgte selbst meist auch in einer Not, in der er im Moment nicht in der Lage wäre den Schaden des Bürgen wieder gutzumachen. Oft hingegen erholt sich der einst Gebürgte finziell wieder, hat unter Umständen wieder ein neues Geschäft auf die Beine gestellt; fragt sich dann aber nicht, wie es nun seinem einstigen Bürgen geht.

Würde es doch so schön heissen *„Aug um Auge, Zahn um Zahn!"* (2. Mose 21,24 und Mat. 5,38-42); was nichts anderes bedeutet, als dass man den einem andern zugefügten Schaden mit allen Möglichkeiten wieder gut zu machen habe. Leider wird diesem moralischen Grundsatz nirgends nachgelebt. Auch wird dieser in der Bibel geforderte Aufruf, analog jüdischer Auslegung, sogar falsch verstanden. Diese interpretieren diesen Aufruf (Altes Testament) sogar so, dass man erlittenen Schaden dem Verursacher wieder vergelten soll.

So führen Israel und Palästina einen nie endenden Krieg

Von Wiedergutmachung ist hier keine Rede. Heute ist es sogar Usus, dass man sogar Konkurse provoziert, damit man seine Schulden leicht als Verlustposten loswirt. Mit vielerlei juristisch- gesetzlichen, sogenannten legalen Tricks kann man dann geschäftlich wieder leicht und ungeschoren von vorne beginnen.

Nach diesem Schicksalsschlag zogen die Eltern von Nadja in den Freistaat Seldwila. Bald aber brach der erste Weltkrieg aus und Nadjas Vater musste für längere Zeit Militärdienst leisten, was infolge des damit verbundenen Ausfalles eines Berufseinkommens neue finanzielle Notlage mit sich brachte. In dieser Zeit musste die Mutter Nadjas die Familie mit ihren vier Töchtern allein durchbringen. Mit dem Versuch wieder eine sozial bessere Lage zu schaffen übernahmen Nadjas Eltern nach dem ersten Weltkrieg für zirka zwei Jahre einen Gasthof im helvetischen Jura.

Ihr Vater spielte auch Klavier und produzierte sich in diesem Landgasthof, innerhalb von geselligen Anlässen, als Conferancier, mit Witz und Spass. Später übernahmen dann Nadjas Eltern, mit finanziell minimalsten Mitteln ein abgelegenes Hotel in einem kleinen Gebirgsnebental des Mönchlandes, nahe der Freistaatgrenze Grischunas.

Dort lernte Nadja auch ihren zukünftigen Mann Kevin kennen, der dort als Ferientourist weilte und sich bei den schönen Landschaftsmotiven im hinteren Teil dieses Bergtales als Kunstmaler betätigte. Kevin, Sohn einer ungarischen Mutter, auch temparamentvoll begabt, war vielseitig musikalisch, spielte Klavier, Geige und Akkordeon. Dies machte auf Nadja sicher einen faszinierenden und anziehenden Eindruck.
Nadja war damals 20 Jahre jung.

Die Familienverhältnisse von Nadjas Familie waren zu dieser Zeit nicht glücklich. Die Übernahme des Hotels war finanziell schlecht haltbar. Eine Dame, welche sich, nicht der Wahrheit entsprechend, als vermögender Hotelgast ausgab, vermochte damit bei Nadjas Vater finanzielle Hoffnungen zu wecken und mit ihm in ein Verhältnis zu kommen. Es war damit jetzt das zweite Mal, allerdings auf eine andere Art, dass Nadjas Vater sich gutgläubig hintergehen liess. Dabei liess er sich auch noch zum Ehebruch verleiten.

Dass die Ehe von Nadjas Eltern, warscheinlich auch wegen der finanziell prekären Situation des Hotel-Haushaltes, schon seit einiger Zeit zerrüttet war, unterstützte noch das Bedürfnis nach anderseitigem, intimen Kontakt. Das zeigte auch ein Annäherungsversuch an seine älteste Tochter Nadja. So lebten die Eltern Nadjas stets noch mehr auseinander.

Auf Grund der Konkursgefahr des Hotels wurde auch versucht Tochter Nadja mit einem wohlhabenden Gast zu verkuppeln. Gegen ein solches Unterfangen setzte sich nun aber Nadja entschieden zur Wehr.

Nun schieden Nadjas Eltern und der Vater, nun 45-jährig, zog mit der mit ihm liierten Hotelgastdame nach Reiken, wo sie konkubinat zusammenlebten. Im folgenden Jahr gab die nun 44-jährige Mutter Nadjas das Hotel auf und zog mit ihren Töchtern wieder nach Seldwila.

Innerhalb dieser unglücklichen Umstände im Elternhaus sehnte sich die nun mündig gewordene Nadja nach einem eigenen vertrauten Zuhause. Im Alter von 21 Jahren verliess Nadja das Elternhaus, machte sich selbstständig und zog an den Wohnort ihres zukünftigen Mannes Kevin, mit dem sie dann noch im gleichen Jahr heiratete.

Und wie stand es mit Luc's grosselterlichen Familienbeziehungen und deren sozialen Verhältnissen väterlicherseits ? Luc's Grosseltern väterlicherseits lebten in jungen Jahren in Ungarn.

Ihre Vorfahren waren in den Zeiten vor Ende des 18. bis in die ersten Jahrzehnte des 19 Jahrhunderts erfolgreiche, begüterte Industrieleute in Mönchenstadt im Lande Helvetien. Mit ihrem vielseitigen Stoffgewerbe waren sie weltweit erfolgreich. Anfänglich als Apprettierer war einer von ihnen ein berühmter Lithograph. Sie führten eine grössere Fabrik und lieferten hochwertige Lithographien über ganz Europa.

Um 1900 erlebte die Farblithographie im Plakatdruck und Textildruck ihren grössten Aufschwung. Die nachfolgende Entwicklung mit der Photo-Lithographie verdrängte das bisherige Lithographie-Verfahren; und in Frankreich und Deutschland entstanden viele Konkurenzfirmen. Das mag einer der Gründe gewesen sein, dass das Lithographiegewerbe von Luc's Vorfahren je länger je weniger noch gefragt wurde und die einst blühende Firma Konkurs ging.

Dass die Firma den neuesten Entwicklungen in der Lithographie nicht zu folgen vermochte, mag wohl auch daran gelegen haben, dass die Firma sich zu wenig oder zu spät innovativ für die neuesten Lithographie-Verfahren bemühte. Es ging ihr offenbar lange zu gut, sodass man die zu beachtende Entwicklung zu spät realisierte und, nicht mehr aufholbar, viele bisherige Kunden zu neuen Lithographie-Lieferanten abwanderten. Der jüngste Nachkomme verliess dann seine Vaterstadt, heiratete in Ungarn, wo er dann als Direktor eine Maschinenbaufirma leitete.

Dessen Sohn, Luc's Grossvater, war als Elektro-
Ingenieur in Budapest tätig. Leider verstarb er im Alter
von 41 Jahren an Halskrebs. Soziale Einrichtungen wie
Pensionskassen, Witwenrenten oder
Familienversicherungen kannte man zu dieser Zeit noch
nicht. So wurde die Familie armengenössig.
Und dabei half einer Auslandhelvetienscher Familie in
Ungarn niemand.
In solchen Fällen konnte man meist nur in der
angestammten Heimatgemeinde Unterstützung und
Nothilfe finden. So musste Luc's Grossmutter, gebürtige
Ungarin, mit ihren beiden noch schulpflichtigen Kindern
in ihre Heimatgemeinde (Heimatgemeinde ihres Mannes
in Helvetien) zurück, umsiedeln. Dort verbrachten die
Kinder, Kevin der Knabe 15-jährig, und Josefine, die 16-
jährige Tochter, in einem Heim für elternlose Kinder
ihrer Heimatstadt, ihre restliche Jugendzeit. Luc's
Grossmutter erhielt über ihre Bürgergemeinde im
städtischen Bürgerspital eine Anstellung als Leiterin der
Spitalwäscherei. So erlebten Kevin und Josefine ihre
letzten Jugendjahre nicht mehr in einer elterlich-
familiären, vertraut-behüteten Familie.
Die Geborgenheit in einer eigenen Familie fehlte.
Solche Familien- und Existenztragödien ziehen meist
auch, wie die Schicksale der beiden Grosselternfamilien
zeigen, noch die folgenden Generationen psychisch und
finanziell in Mitleidenschaft.
Derartig einschneidende, soziale Rückschläge einer
Familie sind meist nur über zwei bis vier Generationen
zu heilen und neu aufzubauen.

Kinder, welche nicht in einer eigenen trauten elterlichen
Familie aufwachsen entwickeln schon jugendlich sehr
früh, meist zu jung und unbedacht, ein tiefes Verlangen
zur Zweisamkeit mit einem vertrauten Partner und
Lebensgefährten.
Dieses Bestreben führt leider oft zu zu schnellen festen
Bindungen, ohne grosse Klärung möglicher gemeinsamer
Lebensanschauungen, Interessen und Zielen. Die Gefahr
von bald wieder folgender Trennung oder Scheidung ist
deshalb stets unverhältnismässig gross.

Durch eine solche zu schnelle, zu starke, nicht eheliche
Bindung wurde Kevins Schwester Josefine im Alter von
21 Jahren Mutter ihrer unehelichen Tochter Myrta.
Myrtas Vater, deutscher Herkunft, verreiste während des
1.Weltkrieges in die USA. Josefine und Tochter Myrta
hörten nie mehr etwas von ihm.
Die Gefahren zu schneller, überstürtzter Heirat ereilten
leider auch, wie später noch berichtet, Luc's Eltern.
Kevin und Nadja heirateten ohne eine durch vorherige,
eingehendere, gesund gewachsene Beziehung und seriös
geprüfte Verständnisbasis betreffend gemeinsamen
Interessen.
Nadja und Kevin fanden bei ihrer Heirat eine
preisgünstige Wohnung im sogenannten
„Scherbenviertel" von Seldwila.
Zwei Jahre später kam dann Luc zur Welt.
Als Neugeborener war Luc offenbar tagsüber viel allein.
Seine Cousine Myrta, welche damals 10 Jahre alt war,
schaute hie und da bei ihm zum Rechten.

Oft traf sie dann den kleinen Luc im kotverschmierten Bettchen. Sie reinigte jeweils Luc und Bettchen und tat ihr möglichstes zum Wohlsein des kleinen Cousins.

Der Grund dieser Situation lag darin, dass Mutter Nadja auswärts berufstätig war. Sie arbeitete als Serviertochter und unterstützte so ihren Mann Kevin für einen finanziellen Aufbau einer beruflichen Selbsständigkeit. Nadja war auf Grund des Gasthofbetriebes ihrer Eltern schon seit ihrer Jugendzeit mit dem Service-Gewerbe vertraut.

Bald zeigte sich, dass Luc's Eltern zu unterschiedliche Charakteren waren, und zu gross die Unterschiede ihrer Neigungen, Interessen und Lebensvorstellungen.

Kevin, 7 Jahre älter als Nadja war, trotz seinem musikalischen Temparament, von ruhiger, häuslicher und sparsamer Art, erstrebte einerseits vordringlich den Aufbau eines eigenen Handwerkbetriebes und dabei ein familiär trautes, nettes Zuhause.

Nadja in ihrer lebenslustigen Art hingegen, und entsprechend dem in ihrer Jugendzeit erlebten gesellschaftlichen Gasthofbetrieben ihrer Eltern, liebte die damit verbundenen öffentlich vielseitigen Kontakte. Innerhalb der Servicetätigkeit von Nadja erhoffte zwar Kevin, Nadja möge dabei, durch engere Kontakte mit wohlhabenderen Gasthofkunden, zusätzliche finanzielle Einkommen finden und unterstützte vorerst Nadjas Gasthofpraxis. Durch diese so unterschiedlichen Lebensstile lebten Kevin und Nadja bald zu sehr auseinander und ihre Ehe dauerte nur 5 Jahre. Bei der Scheidung war Luc erst 3 Jahre alt.

Luc's erste Kindheitsjahre

In den Zeiten vor der Scheidung seiner Eltern hatte der kleine Luc die dabei unvermeidlichen streitbaren Auseinandersetzungen seiner Eltern mit zu erleben.

Während der Scheidungszeit war Luc bei der Grossmutter väterlicherseits untergebracht. In seinen schwachen Erinnerungen fühlt er noch die grosse, liebevolle Zuwendung seiner Grossmutter zu ihm. Es war eine schöne, aber nur kurze familienfreundliche Zeit bei ihr. Nach der Scheidung war Vater Kevin nicht bereit an Nadja Alimente für Luc oder Lebenskostenbeitrag an Nadja zu bezahlen. Andererseits verweigerte Nadja dem Vater Luc's jegliches Besuchs- und familiäres Kontaktrecht zu Luc.
Warum eine derartiges Vorgehen zwischen Kevin und Nadja möglich wurde konnte Luc in seinen späteren Altersjahren trotz Nachforschungen nicht erfahren.
Die Gründe dazu bleiben im Himmel verwahrt.
Damit wurde Nadja durch die Scheidung nun sogar finanziell abhängig von ihrem Serviceverdienst. Für Luc musste sie nun bis auf weiteres einen geeigneten Pflegeplatz finden. Nadja fand bei einer Bauernfamilie in Innerhelvetien eine vorübergehende Unterbringung für Luc, vorraussichtlich so lange, bis sie eine bessere Lösung oder einen neuen Lebenspartner gefunden und wieder eine eigene Familie haben könnte. In ihrem jungen Alter war sie eine schöne, attraktive Frau, mit guten Chancen eine neue Beziehung finden zu können.

Der Aufenthalt bei dieser Bauernfamilie brachte Luc eindrückliche, unvergessliche Erlebnisse. Solche prägten schon eindrücklich seine Vorstellungen von gesellschaftlich, menschlichen Beziehungen, Nöten und Gefahren.

Einige seiner Erlebnisse auf dem Bauernhof :

Schon bald kam die **Fasnachtszeit**. Luc darf vor das Haus ins Freie, um die Fasnachtskinder sehen zu können. Dabei kommt der 3½-jährige Luc aber schlecht weg. Mit Spazierstöcken gehen diese fasnächtlich bekleideten und schrecklich maskierten Knaben und Mädchen auf den Kleinen los. Mit grimmigen Stimmen verängstigen sie ihn und häckeln ihn mit den Stöcken an den Beinen, dass er hinfällt.
Mit Müh und Not kann er zurück ins Haus fliehen.
Bis Ende der Fasnachtszeit ging er nicht mehr aus dem Haus. Fasnachtzeit war für ihn damit ein unsinniger, absolut verzichtbarer Traditionsbrauch.

Von Zeit zu Zeit brauchte man Sägemehl, das man sich in der **Dorfsägerei**, der „Sagi" beschaffte. Luc darf dazu mitgehen und sieht dort den „Sagibetrieb". Dabei beobachtet er einen grösseren, dort arbeitenden Knaben mit nur einer Hand. Er erfährt, dass dieser vor kurzem durch einen Unfall in der „Sagi" eine Hand verloren hatte. Dies löste bei Luc Angst und Respekt vor diesem „Sagibetrieb" aus, ein unvergesslicher Eindruck.

Der Sommer kam. Der Bauer macht Sonntags mit seiner Familie, auf dem nahegelegenen See, mit ihrem eigenen Ruderboot einen **Bootfahrtsausflug**. Luc darf mitgehen. Unterwegs treiben der Bauer und seine Söhne Allotria und schaukeln mit dem Boot hin und her. Die korpulente Bäuerin, die nicht schwimmen kann, bekommt Angst und bittet, man möge mit dieser Schaukelei aufhören. Nun aber schaukeln sie erst recht, noch heftiger; haben Spass an der Angst der Bäuerin. Sie treiben es zu weit und plötzlich geschieht das Missgeschick. Die Bäuerin fällt seitlich aus dem Boot. Nur mit Müh und Not können die Jungen sie an den Armen noch fassen und mit vereinten Kräften wieder in das Boot hineinziehen. Das war das Ende der Bootsfahrt.
Luc ist um ein unangenehmes Erlebnis reicher.

Eines Nachts ist plötzlich grösste Unruhe und Lärm. Alles springt in Richtung des nachbarlichen Bauerhofes. Dessen **Scheune brennt** lichterloh. Man hört das Vieh schreien und von weitem sieht Luc wie man das Vieh mit äusserster Anstrengung aus dem Hof treibt und mit allen Mittel zu löschen versucht. Alle Nachbarn helfen mit. Aber die Scheune brennt komplett ab. Noch mehrere Wochen darnach liegt der Brandgeruch in der Luft.

Bei einem Nachbarbauern gibt es ein grösseres Mädchen. Wie alt es ist kann Luc nicht abschätzen. Luc hingegen ist erst gut 4-jährig. Einmal holt sie Luc in den Scheunenschopf um mit dem kleinen, ahnungslosen Knirps einen **Sex-Versuch** zu machen.

Sie stellt dann aber bald fest, dass dessen kleines „Schnäbeli" ein solches bleibt und ihre Vorstellungen und Bestrebungen nicht realisierbar sind. Der darüber noch naive Luc, hat keine Ahnung was das soll, lässt das ihm sonst gut gesinnte Mädchen gewähren; vergisst dies aber nachher wieder rasch. Erst in späteren Jahren erinnert er sich wiederr daran und realisiert, was das Mädchen seinerzeit eigentlich versuchte.

Mit solchen Erlebnissen und Eindrücken präsentierte sich dem noch kleinen Luc die erst seit rund 4 Jahren erblickte Welt. Seine Mutter Nadja, 27-jährig fand innerhalb ihrer Servicepraxis bereits eine neue bindende Freundschaft mit einem weltgewandten, 26-jährigen, sportlich und attraktiv aussehenden Kellner, **Albert**. Er arbeitete als Oberkellner in einem der grössten und bekanntesten Hotels Seldwilas.

Für eine Besuchsdauer brachte Nadja ihren Luc einmal für einen halben Tag zu Albert.
Albert war in Zimmermiete. Luc spielte dort fasziniert mit Alberts fremdländischen Lochmünzen und ganz speziell mit einer wunderschönen, hell-grün-bläulichen **Onix-Figur**. Dies waren seine ersten Erinnerungen an Nadjas Freund Albert.

Noch im gleichen Jahr heirateten Nadja und Albert.
Beide waren zur Zeit noch ganztägig im Service tätig.
Für Luc suchten sie aber im Kreise der eigenen Familie von Albert einen andern Platz.

So holten sie Luc aus dem Bauerhof. Bei Albert's
Bruder Roland, welcher selbst Kinder hatte, und in
Mönchenstadt, in der Nähe von Albert's Eltern wohnten,
fanden sie, bis auf weiteres, übergangsweise, ein neue
Bleibe für Luc.

Hier eröffnete sich für Luc eine neue Welt mit neuen
Kontakten und Erlebnissen.

Ein Bett war bei Roberts Familie für Luc hergerichtet.
Tagsüber war Luc auch oft bei Albert's und Robert's
Eltern. Albert's Mutter, nennen wir sie im weiteren
„**Grossmama**", arbeitete für die Militärschneiderei, dies
zum Teil als Heimarbeit. Albert's Vater arbeitete in der
Militärschuhabteilung der Stadtkaserne.

Wenn Grossmama für Abgabe und Entgegennahme von
Arbeiten von Zeit zu Zeit zur Kaserne ging, nahm sie oft
Luc mit. Dort wartete und spielte Luc jeweils auf der
Kasernentreppe im Kasernenhof. Eines Tages schenkt
ihm dabei eine Mitarbeiterin der Kaserne einen aus Blech
gefertigten, farbigen Spielzeug-**Wasserpumpenbrunnen**.
Mit Hebelbewegungen konnte man wie bei den früheren
Tiefboden-Pumpenbrunnen Wasser in den Pumpentrog
pumpen. Das faszinierte Luc sehr und er vermochte
damit stundenlang zu spielen. Eines Tages entwendeten
ihm grössere Kinder sein liebgewonnenes Spielzeug:
eine **schmerzliche Erfahrung**.

Der Winter kam. Fast täglich regelmässig durfte Luc für Grossmama im nahe gelegen Spezereiladen Kommissionen machen. Einmal hatte er Eier zu holen, die ihm die Verkäuferin des Spezereiladens sorgfältig in den mitgebrachten Korb legte. Die Treppe zum Haus der Grossmutter war vereist. Luc glitt aus, und der Korb fiel ihm aus der Hand auf die Treppe. Alle **Eier** waren **zerbrochen**. Aus lauter Angst liess er alles liegen und ging in der naiven Absicht, dies zu verschweigen, nicht zur Grossmama hinauf, sondern zurück zu Roland's Familie. Als man es dann feststellte, wurde Luc hart bestraft. Bei Roland zu Hause wurde er für Stunden im dunkeln Estrich eingesperrt. Dort stand er vor den angekündigten „**bösen Mäusen**" fürchterliche Angst aus.

Eines Nachmittags gingen die Kinder Roland's mit Luc auf den nahen Wiesenhang zum **Schlitteln**. Am unteren Rande des Wiesenhanges floss ein kleiner Bach vorbei. Bei einer der Schlittenfahrten hat Luc mangels Übung im Schlitteln zu spät und zu wenig gebremst und landete im Bach. Komplett durchnässt musste er im kalten Winterwetter umgehend nach Hause gehen.

Luc konnte plötzlich kaum mehr auf den Beinen stehen, sackte stets ein und fiel um. Der konsultierende Arzt stellte die engl. Krankheit **Rachitis** fest. Eine Krankheit, welche bei Vitamin-D-Mangel, und folgender Störung des Calcium- und Phosphatstoffwechsels ausgelöst wird und eine Störung der Kalkeinlagerung in die Wachstumszonen der Knochen bewirkt.

Es ist dies eine Folge von Ernährungsmangel. Dies könnte schon seit der Geburt, beim späteren Aufenthalt auf dem Bauerhof oder während dem Aufenthalt bei Roland's und Grossmama verursacht worden sein. Grossmama musste Luc sofort in das Spital bringen. Luc an der Hand führend, stets wieder auf die Beine helfend, erreichten sie so das Spital. Dort musste er zwei-drei Wochen in Behandlung bleiben. Er erhielt täglich Spritzen, vor denen sich Luc stets enorm fürchtete. Es war dies im selben Spital in welchem, wie vorgangs schon erwähnt, Luc's richtige Grossmutter in Anstellung war. Über die Krankenschwestern erfuhr sie auf Grund des Patientennamens über die Spitalanwesenheit ihres Enkels Luc. Luc hörte, wie die Krankenschwestern darüber flüsterten, weil auf Grund einer Vereinbarung zwischen den Eltern Luc's, anlässlich der Scheidung vor zwei Jahren, **Grossmutter väterlicherseits** ihn nicht besuchen durfte.

Über seine Einbringung in diese neue Umgebung des Spitals, und von ihm vorerst fremdem Spitalpersonal, war Luc anfänglich sehr verängstigt. Doch mit jedem Tag gefiel es ihm besser hier. Alle waren stets so lieb mit ihm, was für ihn eine ungewohnte Erfahrung war. Vermutlich hat seine ihm Hause tätige Grossmutter, wie ein ferner Schutzengel, dazu beigetragen.

Zu dieser Zeit brach die unheilvolle Zeit der grossen **Arbeitslosigkeit** ein. Restaurants und Hotels hatten dadurch fast keine Arbeit mehr. Dabei verlor Albert seine Oberkellner -Anstellung.

Inzwischen hatten Nadja und Albert eine Zweizimmerwohnung gemietet. In dieser Situation entschieden sich Nadja und Albert zu einer angepassten Arbeitsteilung. Albert führte von nun an den Haushalt und Nadja verdiente im Service. Damit entschieden sie auch, dass sie nun Luc zu sich nach Seldwila nehmen konnten. Dies auch, weil Luc 5½ -jährig, schon bald in die Schule kam.

So lebte nun Luc mit seinem **Pflegepapa Albert** zusammen. Mutter sah er jeweils wenn sie vor oder nach dem Service auch zu Hause war. Sein Bettchen befand sich im Schlafzimmer von Mutter und Pflegepapa. Mutter und Albert hatten auch einen kleinen Hund. Dessen Stammplatz befand sich unter dem Küchentisch. Luc war ihm nicht so sehr sympatisch. Denn einerseits war er ja vor Luc hier gewesen. Andererseits ärgerte er sich ganz besonders darüber, dass Luc, am Küchentisch sitzend, stets über seinem Kopf mit den Beinen schlenkerte.
So musste der **Hund** Luc zuerst eines andern belehren, vorerst mit Knurren und anschliessend mit dem Schnappen nach Luc's Füssen. Und Luc lernte es.

Zum Frühstück gab es meist **Haferflocken mit Milch**. Warscheinlich war das eine gesundheitliche Massnahme von Pflegepapa wegen dem durch die ehemalige Rachitis geschwächten Knochenbau.

Bei schönem Wetter sassen sie jeweils auf dem **Balkon** der Hofinnenseite. Hie und da kann Luc zu den andern Kinder unten im Hof. Derweil sass Pflegepapa zwischen den hohen, am Balkongitter heraufrankenden, in Blumenkistchen gepflanzten, Lieblings- Kapuzinerblumen, auf dem Balkon und las. Einen speziellen Spass hatte Pflegepapa daran, den Kindern unten im Hof von Zeit zu Zeit, eine Handvoll **Erdnüssli** zuzuwerfen. Dazu hatte er einen grossen 25 Kilosack Erdnüssli gekauft.

Eines Sonntags durfte Luc, ein schönes, weisses **Matrosenkleidchen** tragend, hinaus zu den Kindern auf die Strasse. Dort gingen die Kinder auch in den in der Nähe befindlichen, für sie interessanten Autofriedhof. Man konnte dann auf den Autos herumklettern, alles inspizieren, Schalter und Steuerrad bewegen. Nachdem sich darob Luc's neues, weisses Matrosenkleid farblich in eine Art Automechanikerkleid gewandelt hatte, kehrte Luc zurück nach Hause. Der entäuschende Empfang durch Pflegepapa und speziell der Mutter Nadja konnte nicht ausbleiben. Aber zu seiner grossen Verwunderung gab es weder Schimpf noch irgendwelche Strafe! Vielleicht entsann man sich dabei an eigene Kindheitserlebnisse. Und schliesslich hat Luc auf dem Autofriedhof auch eine Menge Neues gesehen und gelernt.

Pflegevater liebte es, seine Zigaretten selbst zu drehen. Mit speziellen Zigarettenpapierchen und einem Zigaretten-Rollgerät drehte er so seine eigenen Zigaretten. Dazu verwendete oft auch **eigens hergestellten Tabak**. Bei den öfteren Spaziergängen von Pflegepapa mit Luc, in den Wald, sammelten sie fleissig die blühenden Waldmeisterli, die dann Pflegepapa zu Hause trocknete und zu feinem Tabak zerrieb.

Gemäss Pflegepapa's Anweisungen geht Luc fast täglich allein in den nahe gelegenen Spezereiladen und lernt so das „**Posten**". Mit Eiern sorgsam und vorsichtig umzugehen hatte Luc, von den seinerzeitigen Einkäufen bei Grossmama, schon Erfahrung.

Luc's allererste Schuljahre

7-jährig, ein Jahr später als üblich, wurde Luc in die
1. Primarschulklasse der Volksschule aufgenommen.
Wenn Luc im Vorjahr nicht an Rachitis erkrankt wäre,
hätte er schon mit 6 Jahren in die Schule gehen können.
Obschon er dabei ein Jahr älter war als seine
Schulkameraden hatte er beträchtliche Lernprobleme,
speziell im Lesen. Es zeigte sich bei Luc eine
ausgeprägte **Legastenie**. Eine Legastenie, die vermutlich
in einer mangelhaften Leistung des Gedächtnisses und
einer Konzentrationschwäche (Flüchtigkeitsfehler)
bestand.
Wenn man sich den bisherigen Lebenslauf, mit den
vielen Aufenthaltswechseln ausserhalb echter elterlicher
Betreuung vor Augen hält, ist es kaum verwunderlich,
wenn ein solcher geistiger Entwicklungsrückstand
resultiert.

Nun nahm Pflegepapa das Problem an die Hand, das
heisst Luc in die Übung. Unter seiner Führung musste
Luc täglich laut vorlesen. Bei jedem Lesefehler
korrigierte er Luc, der dies dann richtig wiederholen
musste. Das dauerte viele Wochen lang, für Luc war es
eine harte Zeit. Und Pflegepapa hatte Ausdauer, war
streng und konsequent, solange, bis Luc keine Lesefehler
mehr machte.

Gerne gingen Albert und Luc auf die städtische Allmend,
und besuchten die dort überaus spannenden
Motorradrennen der verschiedensten Kategorien, ein
Sport mit grossen Unfallgefahren. Luc war dabei auch
Zeuge von schlimmsten Unfällen und Verletzten-
transporten mittels Krankenwagen.
Durch diese grosse Allmend floss auch ein kanalisierter
Fluss. Dort konnte man baden. Nur war dies nicht ganz
ungefährlich, weil dieser Fluss auch über kleinere
Wasserfälle mit Strudeln führte. Viele Stadtleute gingen
zum Sonnen- und Wasserbaden gerne auf diese Allmend,
so auch Mutter Nadja, Pflegepapa und Luc. Einmal war
Nadja zu unvorsichtig und geriet in einen solchen
Wasserfallstrudel. Aus eigener Kraft kam sie nicht mehr
heraus. Albert, am nahen Ufer sah dies, zum Glück
sogleich, und früh genug, rannte er zum Fluss, hinein ins
Wasser und konnte Nadja mit Müh und Not aus dem
Wasserstrudel herausziehen. Ohne diesen beherzten,
mutigen Einsatz wäre Nadja dort warscheinlich
ertrunken.
Auf Weihnachten kaufte Pflegepapa für Luc eine grosse
Modellbahn- Dampflokomotive mit einem Satz
Schienen dazu. Sie wurde elektrisch betrieben, besass
aber einen richtigen Kohlenwagen. Mit Wasserfüllung
und Einsatz passender Wachskerzen konnte
Dampfbetrieb imitiert werden konnte. Wie das
warscheinlich bei fast allen solchen Modelleisenbahn-
geschenken ist, dass hauptsächlich der Vater am meisten
damit spielte, war dies auch hier der Fall. Aber trotzdem
durfte Luc zwischenhinein sich auch damit versuchen.

Luc musste auch erleben wie Albert und Nadja oft **Streit** hatten. Einmal, als Luc abends schon im Bett war, hatten sie wieder einen Streit. Dieser führte sogar so weit, dass Albert Nadja vor den Augen von Luc in den Schlafzimmerschrank drückte und einsperrte.
Was mögen wohl die Ursachen solcher Streitigkeiten gewesen sein ? War es wegen der Verwaltung des von Nadja im Service verdienten Geldes, oder weil Nadja in ihrer beruflichen Tätigkeit auch mit anderen Leuten freundschaftliche Kontakte pflegte ?
Der Himmel weiss es !

Nun erwartete Luc's Mutter ihr zweites Kind. Das bedeutete, dass Nadja, wenn die Geburt des erwarteten Kindes nahen würde, mit ihrer Tätigkeit im Service für eine gewisse Zeit aussetzen musste. Damit würde für diese Zeit auch ihr Berufsverdienst ausfallen.
Auch wurde dann ihre jetzige Zweizimmerwohnung zu klein. Nun war guter Rat teuer.

In dieser Zeit der grossen Arbeitslosigkeit, konnte Pflegepapa Albert immer noch keine neue Anstellung finden. So kam auch der Gedanke auf, beide im Serviceberuf kompetent, ob sie nicht ein eigenes **Restaurant** übernehmen und führen könnten. Mutter Nadja wäre dann teilweise sowohl für die Familie und auch für den Restaurationsbetrieb anwesend. Albert hätte dann als Wirt ebenfalls wieder eine sinnvolle, Verdienst einbringende, Tätigkeit.

Um so etwas realisieren zu können, brauchten sie aber ein entsprechendes **Startkapital**, das aber leider nicht vorhanden war.

Mutter kannte derzeit vom Service her eine gute Freundin, **Sandra**, der sie dieses Problem anvertraute. Sandra hatte eine wohlhabende Mutter. Sie schlug Nadja vor, sie könnte sich doch in einem derartigen Geschäftsbetrieb mitarbeitend beteiligen, wenn ihre Mutter dazu einen Teil des notwendigen Startkapitals zur Verfügung, und Nadja den restlichen zweiten Teil leisten könnte. Dabei wusste Sandra nicht, dass Nadja kein Erspartes besass und keinen Startkapitalbeitrag zu leisten in der Lage war.

In Erwartung der auf Nadja und Albert unerbittlich auf sie zukommenden, geschilderten Notsituation liessen sie sich dazu verleiten Sandra zu versichern, dass sie für die Beisteuerung eines notwendigen Starkapitalteiles über ein entsprechendes Erspartes verfügen würden. Dabei stellten sie sich im Geheimen vor, dass ihnen der finanzielle Ausgleich mit einem erfolgreichen Wirtschaftsbetrieb schon noch gelingen würde.

Dieses **unwahre Versprechen** von Nadja und Albert an Sandra und dessen Mutter, sowie auch die Vorstellung eines erfolgreichen Wirtschaftsbetriebes waren, wie sich noch zeigen sollte, ein katastrophaler Fehler und verhängnisvoller Trugschluss. Anstelle einer erhofften familiär-sozialen Lösung stürzten sich Nadja und Albert erst recht in das wirtschaftliche Unglück eines schlussendlich minimalsten Existenzminimums.

Kurz nach dem Umzug und der Übernahme des
Restaurationsbetriebes kam Luc's **Schwesterchen Eva**
zur Welt. Luc war nun schon acht Jahre alt und bereits in
der zweiten Primarschulklasse, jetzt in einem andern
Stadtkreis, einer anderen Schulklasse eines neuen
Schulhauses.

Nadja hatte damit nun **zwei anspruchsvolle Aufgaben**.
Die Widmung für ihr kleines Töchterchen Eva und die
Mithilfe im Restaurationsbetrieb. Zum Glück war da
noch Sandra, von der sie ganz wesentlich unterstützt
wurde.

Sich um den schulischen Fortschritt von Luc zu kümmern
hatte jetzt kaum jemand Zeit. Niemand achtete darauf ob
er seine Hausschulaufgaben machte oder nicht. Niemand
realisierte, dass seine **schulischen Leistungen** je länger
je mehr zurückblieben.

Der Betrieb mit dem übernommenen Wirtschaftsbetrieb
florierte nicht, und der Pachtzins war unverhältnismässig
hoch. Unvorhergesehene, zuvor nicht realisierte Kosten
stellten sich ein.
Albert selbst nahm warscheinlich die für einen guten
Start dieses Betriebes notwendigen Anstrengungen, wie
örtliche Werbung, und speziell neue Kunden anziehende
Angebote, auf eine „zu leichte Schulter". Anstelle dessen
unterhielt er sich offenbar zu viel und zu zeitraubend mit
Bierkunden am Stammtisch.

Mit den sich umsichtig und rege für die notwendigen
Arbeiten und Kundenbetreuung einsetzenden Frauen,
Sandra und Nadja gab es deswegen auch
Auseinandersetzungen und böses Blut. Bald konnten
die laufenden Zulieferrechnungen und der Pachtzins
nicht bezahlt werden. Sandra fiel es dabei „Wie
Schuppen von den Augen", dass Nadja und Albert,
entgegen ihrer Zusicherungen, gar kein eigenes Kapital
zur Startunterstützung des übernommenen Betriebes
besassen.

Die Anmeldung des Betriebs-**Konkurses** konnte nicht
mehr verhindert werden.

Im Konkursverfahren wurden Albert und Nadja, nebst
Pfändung all ihrer Habe bis auf das gesetzliche
Existenzminimum, zur Rückzahlung des von Sandras
Mutter zugeliehenen Startkapitals verurteilt.

Dieses Schicksal demonstriert die oft eintretende
Hilflosigkeit von Mitmenschen in sozialer Not, die dann,
um aus der Misere heraus zu kommen, Gefahr laufen,
dies mit einzigen Rettungsmöglichkeiten illegaler
Bemühungen zu versuchen.

Unsere Gesetze sind da brutal menschenunfreundlich.
Die Analyse dieses Schicksals zeigt doch folgendes Bild:

- Dafür, dass Albert infolge der grossen, weltweiten **Arbeitslosigkeit**, keine Anstellung finden konnte, war nicht sein Verschulden.
- Dass seine Frau Nadja ein **weiteres Kind** gebären wird, ist sicher in keiner Weise, zu verurteilen.
- Dass Albert und Nadja sich für eine **grössere Wohnung** umsehen und versuchen mussten eine andere Verdienstmöglichkeit zu realisieren ist auch verständlich.
- Die Idee einer gemeinsamen, familienfreundlichen, **selbsständigen Tätigkeit** war daher grundsätzlich sicher nicht unvernünftig.
- Die **Falschinformation** an die Startkapital leistende Familie von Sandra war wohl ein böser Fehler. Doch im Verhältnis zwischen der zu erwartenden, prekären Notlage durch die Arbeitslosigkeit und der Geburt des zweiten Kindes und dem damit aufgetretenen Finanzdilemma ist die geschehene, unwahre Handlungweise gut zu verstehen, wenn auch nicht zu befürworten oder zu entschuldigen.
- Es hätte hier die Möglichkeit gegeben, dass sich Albert und Nadja privat bei Sandras Familie christlich-eidig verpflichtet hätten, das verlorene Kapital mit allen Kräften wieder gut zu machen. Damit wäre eine **gerichtliche Strafverurteilung** nicht notwendig geworden und ein sich finanzielles Erholen für Nadja und Albert nicht absolut verbaut gewesen.

Ausserdem war dieser momentane Vermögensverlust für die Mutter Sandras kein so hartes Geschehen, wie dasjenige, das nun Albert und Nadja mit ihren beiden Kindern erfahren mussten. Es ging hier nur noch um das finanzielle Recht.

♦ Aber falsch ist die Tatsache, dass in unserer abendländischen Welt, in solchen Notsituationen nicht andere Lösungsmöglichkeiten erwogen werden.

♦ Die heute vorhandene Gesetzgebung hat sich leider, den ursprünglichen römischen Gesetzen entsprechend, zu eng materialistisch entwickelt. Sie wertet in der Haupsache Geld, weltliches Vermögen und politischen Stand. Christliche Vorbilder, Lehren und Menschenbildung sind allerhöchstens drittrangig.

Albert und Nadja erhielten von der Stadt notdürftigerweise eine ganz billige, kleine, dunkle **Stadtwohnung**. Nadja nahm eine neue Serviceanstellung an. Die beiden Kinder Luc und Eva mussten sie dazu, solange notwendig, in einem nahe gelegenen, caritativ geführten katholischen **Kinderheim** unterbringen. Für den erst 8-jährigen Luc war dies bereits der sechste Aufenthaltsort.

So kommt Luc in seinem 2.Schuljahr wieder in einem andern Stadtkreis eines andern Schulhauses in die Schule. Und sein schulischer Fortschritt liess zuviel zu wünschen übrig, sodass er den für den Übertritt in die 3.Schulklasse notwendigen Zeugnisnotendurchschnitt nicht erreichte.

Er musste nun die **2 Schulklasse wiederholen**.

Die Missionsschwestern des katholischen Kinderheimes stellten fest, dass weder die kleine Eva, noch der bereits 8-jährige Luc getauft waren. Auch Nadjas Schwester, Fanny überredete Nadja und Albert, dass die Kinder umgehend getauft werden sollten. Da Nadja katholisch war fand die **Taufe** in der nahe gelegenen katholischen Kirche statt. Luc war bisher noch nie in einer Kirche. Er hatte keine Vorstellung, was hier mit ihm geschah. Da war lediglich ein ihm unbekannter, in „komisches Gewand bekleideter Mann", der ihm die Stirne nässte. In all seinen Orten, in denen Luc schon in Obhut war, hat noch nie jemand mit ihm gebetet. Bei der Taufe war er einfach dabei, weil Mutter mit Schwesterchen Eva, Nadjas Schwester Fanny und noch andere Bekannte der Familie auch dabei waren. Eigentlich verstand Luc nicht was hier mit ihm passierte und was es zu bedeuten hatte.

Und trotz dieser Taufe musste er nun die 2.Schulklasse wiederholen.
Sein nun in der Taufe erhaltener, sogenannt geistiger Schutz konnte dies nicht verhindern.—

Vier Monate nach Übernahme der einfachsten städtischen Notwohnung erhielten Nadja und Albert von der Stadt eine **grössere Wohnung** in deren Altstadt. Nun konnten sie Luc aus dem Kinderheim zu sich nach Hause nehmen. Vorderhand brachte Nadja noch den notwendigen Verdienst aus ihrer täglichen Service-Tätigkeit nach Hause.

Albert, noch arbeitslos, versah wieder den Haushalt. Das erst 9 Monate alte Schwesterchen blieb wegen der Berufstätigkeit von Mutter Nadja vorderhand noch etwas länger im Kinderheim. Luc kam schon wieder in einem anderen Schulhaus in eine andere Schulklasse. Dies war für Luc bereits der vierte Schulhauswechsel innerhalb zwei Jahren. In jeder dieser Schulklassen hatten sie in den Schulfächern je einen andern Fortschrittsstand. Für Luc eine schulisch stressige Überforderung.

Es kam die **Osterzeit**. „Unter den Bögen" der Altstadt kannte man seit jeher den traditionellen Brauch des **„Eier-Fünferlispickens"**. Dabei gehen die Kinder an den Hauptostertagen mit hart gekochten Ostereiern hinunter zu den „Bögen". Dort treffen sie auf Eier sammelnde Erwachsene, meist Wirtsleute. Die Kinder halten dann jeweils ein Ei so zwischen Daumen und Zeigefinger fest, dass nur eine kleine Fläche des Eies zu sehen war. Die Hand des Kindes wurde dann still gehalten und der Erwachsene musste nun versuchen einen Fünfräppler so gegen das Ei zu spicken, dass derselbe im Ei stecken bleibt. Gelingt dies, gehört das Ei dem „Spicker". Gelingt es nicht, gehört der Fünfer dem Kind. Dabei ist es eine Ehrensache, dass der Erwachsene dies so manchmal zu versuchen hat, bis er das Ei gewinnt. Das Problem dabei ist dann; je grösser sich die freibleibende Eifläche zeigte, um so grösser ist die Treffchance und umgekehrt.
Je kleiner sich diese präsentiert um so grösser ist die Gefahr der Fingerhautverletzung.

Pflegepapa kochte für Luc hiezu einige Eier so hart wie möglich. Luc ging begeistert an dieses „Fünferlispicken" und scheute sich nicht, dabei Daumen und Zeigefinger so nah als respektiert beisammen zu halten. Da Pflegepapa die Eier auch sehr schön bemalt hatte, waren die Eier Luc's sehr beliebt. Luc war ein mutiger Spieler. Er verdiente dabei ziemlich viel Fünferli, viel mehr als die Eier eigentlich wert waren. Er konnte so stets alle seine Eier abbringen. Sein blutiger Daumen und Zeigefinger störten ihn weniger.

Endlich findet Albert in einem der grössten renommiertesten Hotels der Stadt eine **Arbeitstelle als Hotelportier**. Nun konnten Nadja und Albert die kleine Eva auch nach Hause holen. Nach Gesuch bei der Stadt erhielten sie dazu, auch in der Altstadt, eine noch etwas grössere 4-Zimmerwohnung.

Ein für Luc unvergessliches, eindrücklich schönes Erlebnis. Im nahen Kino wurde einer der ersten Walt-Disney-Filme „Die drei Schweinchen" gezeigt. Luc durfte mit Mutter Nadja und Plegepapa Albert diesen Film sehen gehen. Es war das erste Mal, dass Luc ins Kino gehen konnte; für ihn ein grosses freudiges Ereignis. Dieser fröhlich-lustige Film hat Luc so intensiv aufheiternd erlebt, dass er ihn nie mehr vergessen hat. Es war eines der allerschönsten Erlebnisse in seiner frühen Jugend.

Einige **Altstadt-Erinnerungen** aus dieser Zeit

Durch die Altstadt Seldwilas fliesst die Dalba. Luc ist oft
auch **am Dalbaufer**. Er traut sich auch oberhalb der
sogenannten Metzgerbrücke einen Flusstreppensteg
hinunter zu gehen. Unachtsamerweise fällt er ins Wasser,
das ihn etwas vom Steg wegtreibt.
Luc konnte noch nicht schwimmen.

Ein jüngerer Mann aus der Menge der beobachtenden
Leute, sprang beherzt ins Wasser und holte Luc heraus.
In seinem Schrecken konnte Luc nicht einmal seinen
Namen sagen und woher er kommt. Ein mit einem
Mercedes herangefahrener Herr stieg aus, sah den in der
Kälte stehenden, durchnässten Luc und realisierte, dass
dieser kleine Junge umgehend in trockene Kleider zu
bringen war. Er erklärte, dass er auch Kinder im gleichen
Alter hätte, setzte Luc ins Auto, fuhr zu sich nach Hause
und kleidete vorerst Luc trocken neu ein.

Bis dann hatte sich Luc von seinem Schrecken erholt, das
Vertrauen zu diesem Herrn gewonnen, und konnte nun
mit Erfolg nach Namen und Wohnadresse gefragt
werden. Dieser Herr bracht nun Luc samt dem Bündel
der nassen Kleider nach Hause.

Dieser Vorfall zeigt, dass Luc, neben all den erfahrenen
Unbillen seines bisherigen Lebens einen guten
Schutzengel bei sich hat. Luc's weiterer Lebenslauf wird
dies noch im verstärkten Masse zeigen.

Der viel verwendete Auspruch, einen *„guten Schutzengel"* gehabt zu haben, ist im Volksmund gang und gäbe; ohne dass man sich über dessen tieferen Sinn und tatsächlichen Zusammenhang viel Gedanken macht. In Helvetien glaubt man doch grösstenteils an die Existenz einer Engelswelt; und dass der Mensch ein von Gott ins Leben gerufenes Geschöpf ist.
Das heisst doch, dass Geburt und Sterben des Menschen und damit sein vorbestimmter Lebenslauf zeitlich von Gott bestimmt sind. Damit solche Bestimmungen nicht einfach wahllos, zufällig, zum Beispiel durch Unfälle oder Krankheit, ohne göttliches Einverständnis unterbrochen werden, oder gar zu einem Sterben führen, hüten Engel Gottes in seinem Auftrag.

Glasmarmelspiel : Die Quartierkinder vertrieben ihre Zeit oft im Freien mit einem Glasmarmel- Wettspiel (Glürli). Die Plätze zwischen den Stützpfeilern der nahe gelegenen Kirche eigneten sich vortrefflich dazu. Durch geschicktes Rollen der Marmeln, so, dass sie möglichst nahe an der Kirchenwand zu liegen kamen, konnte man nach Durchgang aller Beteiligten, alle weiter von der Wand weg liegenden Marmeln gewinnen. Solange man noch Marmeln hat, kann man beim nächsten Durchgang wieder mitmachen. Oft hat man genug Geschick und Glück und geht mit einem vollen Beutel Marmeln nach Hause. Es kann aber auch vorkommen, dass man, anstatt dessen, nachher mit einem leeren Beutel nach Hause geht. Und man musste sich für ein nächstes Spiel wieder neue Marmeln beschaffen.

Luc ist oft **hungrig**. Einmal bummelte er allein in der
Altstadt und an den beiden Ufern der Dalba.
So wird er hungrig und kam auf die Idee im nächsten
grösseren Restaurant um etwas Essbares zu bitten. In der
Nähe der alten Stadt-Sternwarte ging er naiv, wie er war,
ins Sternwarte-Restaurant ans Buffet und brachte der dort
anwesenden Buffetdame sein Anliegen vor. Eine
Serviertochter, die das beobachtete, musterte den Jungen,
hatte Erbarmen mit ihm, ging dann gleich hinter dem
Buffet in die Küche und kam danach mit einem dicken,
heissen Stück **Fleischkäse,** eingeklemmt zwischen zwei
Brotscheiben zurück, überreichte dies Luc und wünschte
ihm guten Appetit.
Zu Hause, ein paar Tage später ermahnte ihn seine
Mutter Nadja, ohne zu schimpfen, er solle nicht mehr
betteln gehen. Offenbar kannte diese Serviertochter
Luc's Mutter aus dem Service und wusste, zu wem Luc
gehörte.

Luc kommt endlich in die 3.Schulklasse.
Auf dem Schulweg nach Hause sprang Luc, unvorsichtig
hinter einem Tram hervor, über die Strasse. Er sah ein
dabei hinter dem Tram vorbeifahrendes Auto nicht, und
wird von demselben **am Kopf erfasst** und
weggeschleudert. Darnach steht Luc auf als wäre nichts
geschehen. Der Autofahrer traute hingegen nicht an einer
möglichen Unversehrtheit des Knaben, hielt am
Strassenrand an, holte Luc zu sich ins Auto und fuhr
sicherheitshalber, zuhanden einer ärztlichen
Untersuchung Luc's, ins nahegelegene Uni-Spital.

Die genaue Untersuchung mit Röntgen zeigte zur grossen Erleichterung des Autofahrers keinerlei Verletzung oder irgendwelcher Schädigung am Kopfe Luc's. Auch in diesem Geschehen zeigte sich wieder, dass Luc, wie beim seinerzeitigen Fall in die Dalba, einen sehr aufmerksamen, guten Schutzengel hatte.

Die sofortige Hilsbereitschaft von Mitmenschen, wie ganz speziell im Beispiel beim Sturz in die Dalba, zeigen, dass es in unserer oft so gleichgültigen und erbarmungslosen Welt, noch Mitmenschen gibt, welche noch zu ethisch vorbildlichen Haltungen und Hilsbereitschaften fähig und bereit sind. Es sind dies diejenigen Kräfte, welche in unserer Welt noch die Hoffnung auf eine zukünftig bessere Welt erhalten. Dies zeigt auch eindrücklich, dass isoliert egoistisch, materiell betonte Lebenshaltungen nicht einzige Verhaltensweisen unserer Gesellschaft sind. Dem nun 10-jährigen Luc, haben diese Erlebnisse, trotz seinen bisher nicht gerade erfreulichen Kindheitserfahrungen, eine von dieser Welt positivere Seite gezeigt, die er sicher nie vergessen wird.

Die Altstadt wies noch alte, aus dem Mittelalter stammende unterirdische **Gänge und Stollen** auf, zum Teil bis hinunter ins Wasser der Dalba reichend. Oft waren die schweren Eisentüren zu diesen Gängen nicht geschlossen, sodass es den mutigeren Lausbuben möglich war, diese Gänge neugierig und auch im Versteckspiel zu begehen. Diese waren wohl sehr feucht, glitschig, dunkel und oft auch abfallend, also gar nicht ungefährlich.

Von grösseren Knaben erfuhr man, dass zwei ältere, dicke Damen, welche oft zusammen in den Gassen der Altstadt flanierten und darauf aus waren, für ein Entgelt von fünf Franken Männern gehörig zu sein. Sobald diese Damen auftauchten, hatten die wissenden Kinder des Quartiers ihren Spass daran, mit Rufen, wie **„Fünfliberdamen"** diesen hinterher nachzulaufen, auszuspotten und zu ärgern.

Luc bekommt auch in einzelnen Fällen zu sehen, wie ältere Jugendliche, Mädels und Burschen in unbewohnten Kellerruinen verwerflichen sexuellen Handlungen frönen. Einzelne Bevölkerungsgruppen in Teilen der Altstadt präsentierten sich wie „Sodom und Gomorrha".

Für die Wohnungsmieter, wovon viele noch mit Feueröfen heizten, brachte ein **Kohlenmann** von Zeit zu Zeit bestelltes Holz oder Kohle. Wenn er Holz brachte, dann spaltete er dasselbe unten im entsprechenden Hauseingang zurecht. Einmal sah Luc einen ihm unbekannten Jungen, ungefähr seines Alters, im Hauseingang. Luc massregelte ihn, da er ja nicht in dieses Haus gehöre. Anderntags begegnete er diesem Jungen wieder im Hausgang zusammen mit dem Kohlenmann. Der Junge sprach mit dem Kohlenmann, der offenbar sein Vater war und zeigt auf Luc. Darauf ging der Kohlenmann erbost auf Luc zu, erhob seine Axt und drohte Luc, ihn zu erschlagen, wenn er seinen Sohn nochmals massregle. Schreckliche Angst übekam Luc und flüchtete sich hinauf in die Wohnung.

Ein paar Tage später ging Luc wieder einmal ans
Dalbaufer, dort wo Buben oft verbotenerweise mit Silk
und Angelhaken kleine Fischchen (Läugeli) fingen. Dazu
gingen sie, den vor dem alten Rathaus befindlichen Steg
hinunter auf das vor der Dalbawasser- Unterführung des
Rathauses anliegende Bootsfloss. Als Eindringensschutz
hatte man im Mittelalter, in der Rathaus-Wasser-
Unterführung, spitze Eisenspeere in die Mauern des
Rathauses eingemauert, die immer noch vorhanden
waren. Beim Dalbaufer angekommen, begegnete Luc
einer grösseren Menschenansammlung. Ein Junge sei,
wie man vernahm, beim Fischen in die Limmat gefallen,
und vom fliessenden Wasser unter das Rathaus getrieben
worden. An einem dort unter dem Wasserspiegel
vorhandenen Speerhaken blieb er hängen und ertrank.
Dann sah er den ihm bekannten Kohlenmann ganz
aufgeregt daherspringen und laut rufend: "Wo ist mein
Sohn ?" Nun musste er erfahren, dass hier sein Sohn
ertrunken sei, der Junge aus Luc's Hauseingang.—
Für Luc, der erst vor kurzem, in unwissender Weise
diesen Knaben gerügt hatte, ein sehr trauriges,
nachdenkliches Erlebnis.

Infolge einer grösseren Umorganisation im Hotel, wo
Albert arbeitete, wurden Angestellte entlassen. Auch
Albert verlor seine Anstellung, wurde wieder arbeitslos.
Albert und Nadja wurden wieder armengenössig.
Nachdem sie nun sowohl für Luc, der bereits 10-jährig
war, sowohl für Töchterchen Eva, im Alter von 2¼
Jahren, zu sorgen hatten, war guter Rat teuer.

Luc's weitere Schulzeit

Albert und Nadja kamen nicht darum herum sich in ihrer Notlage an das städtische Sozialamt zu wenden. Weil Albert nicht der eigentliche leibliche Vater, sondern Pflegevater von Luc war, wurde auch die Vormundschaftsbehörde konsultiert. Kann sein, dass sich diese auch mit dem leiblichen, vor sieben Jahren geschiedenen Vater in Verbindung setzte. Auf Grund einer vermutlich anlässlich der vergangenen Scheidung vor sieben Jahren gemachten Vereinbarung, und dem Umstand, dass Vater Kevin inzwischen wieder neu geheiratet hatte, bestand seitens Luc's leiblichem Vater wohl keine Chance einer finanziellen Unterstützung.

Da Luc's Vater Kevin einen Teil seiner Jugendzeit vor 25 bis 21 Jahren im städtischen Heim seiner Bürgerstadt verbrachte, würde er eher eine Unterbringung seines Sohnes Luc im selben Heim vorgeschlagen haben.

Im Einverständnis von Albert und Nadja wurde, zu ihrer finanziellen Erleichterung, vom Vormundschafts- und Sozialamt der Stadt entschieden, dass Luc ins Heim seiner Bürgerstadt gebracht werden solle. Seine Halbschwester Eva aber könne bei ihren leiblichen Eltern Albert und Nadja verbleiben.

Zur Regelung der Einweisung von Luc in dieses neue Heim musste der nun 32-jährige Albert in dessen Bürgerort reisen.

In Ermangelung des notwendigen Reisegeldes borgte,
der nicht mehr speziell des Radfahrens gewohnte Albert,
sich einVelo und fuhr dazu an den zirka 80 Kilometer
entfernten Bürgerort Luc's, wo er gleichzeitig auch seine
eigenen dort ansässigen Eltern und die Familie seines
Bruders Roland besuchen konnte.
Einige Tage später packte dann Nadja Luc's wenige
Sachen, und reiste mit ihm zum neue Heim seines
Bürgerortes. Dort wurde Luc eingegliedert und lernte
zuerst den Schlafsaal kennen, wo er zukünftig, mit zirka
sieben anderen Knaben, schlafen konnte. So begann sein
neues Dasein, fern von Familie, in einer komplett neuen,
noch ungewohnten, von einem Heimverwalter, seiner
Famile und Hausangestellten betreuten Umgebung. Für
den inzwischen 10½-jährigen Luc war dies nun bereits
sein achtes, sogenanntes Zuhause, 80 km fern und ohne
engere Kontakte zu Eltern, Schwesterchen, oder
Verwandten. Mit der Fortsetzung seines 3.Schuljahres
kam er damit wieder in eine neue Schulklasse, zu einem
neuen Lehrer.

Wie mochten sich wohl auch Weltvorstellung und
menschliches Vertrauen, ob all den in den über zehn
vergangenen Jugendjahren erfahrenen Geschehnissen,
verschiedenen Pflegeverantwortlichen, Wechseln des
Zuhauseseins, bei Luc weiter entwickelt haben.
Bis jetzt war all des Erlebte wie in einem Traum an ihm
vorüber gegangen, in einem Traum, in dem er einfach,
ohne Für und Wider, sich unbekümmert in alles
Kommende zu ergeben hatte.

Nun, zur Zeit an diesem neuen Ort, im Heim seines
Bürgerortes, kam Luc bereits in ein Alter, in dem sich
sein Vernunftverhalten vom kindlichen zum erwachsenen
Empfinden veränderte. Es kam nun das Alter, in
welchem der junge Mensch anfängt selbsständig zu
denken, und eigene Wertvorstellungen aufzubauen. Luc
lernte gegenüber andern vorsichtig zu sein, nicht alles
andern gleich zu tun, sich unter Umsränden zu wehren.
Schauen wir, wie er nun seine weiteren Erlebnisse
verarbeitete und langsam selbstständig wurde.

Zum Zeitpunkt des Eintrittes in das grosse Heim hatte
dieses noch seine eigene hausinterne Schule. Luc erlebte
dort noch ein paar Schulstunden in einer Klasse mit
Kindern von grossen Altersunterschieden. Dann wurde
diese aber wegen zu kleinem Schülerbestand und zu
grossen Altersunterschieden geschlossen. Die
Heimkinder mussten anschliessend in die Stadt zur
Schule.

Etwas vom ersten, als Luc ins städtische Heim kam, war
seine einheitliche Heimkinder-Einkleidung.
Für Ausgang aus dem Heim, wie zum Beispiel zum
Besuch der Schule in der Stadt, trugen sie gleiche
Hemden, Lederhosen, Hosenträger und braune Sandalen.
Ähnlich waren auch alle Mädchen gleich bekleidet.
Sandalen durften nur bei schlechtem Wetter getragen
werden, sonst mussten man barfuss in die Stadt zur
Schule. Auf Grund dieser einheitlichen Kleidung
erkannte man stets, die Kinder des städtischen Heimes.

Es gab einen speziellen Schuhraum, in dem jedes sein eigenes Schuhfach für Hausschuhe, Sonntagschuhe und hohen Schuhe hatte. Es wurde streng darauf geachtet, dass jedes jeweils seine Schuhe ordentlich sauber hielt.

Nach seinem Eintritt orientierte man ihn über den Hausarbeitsplan. Jedes hatte während der Woche ganz bestimmte Mitarbeiten zu leisten. Das waren zum Beispiel das tägliche Wischen eines der mehreren Schlafräume, der Vorräume, des Korridors oder das Sauberhalten des allgemeinen Waschraumes. Samstags war allgemeiner Putztag. Eine Arbeit war zum Beispiel das „Späneln" (mit den seinerzeit noch verwendeten „Metall-Spähneblätzen") eines Parkett-Holzbodens, mit anschliessendem Wischen, Wichsen und Blochen; eine andere das Wischen der Treppen eines Stockwerkteiles.

Nächste Primarschulzeit in neuer Umgebung

Den Heimverwalter sah man praktisch nur, wenn man aus einem Grunde bestraft werden sollte. Dann wurde das Kind zu ihm in sein riesiges, antik-luxeriöses Büro geschickt, wo er dann mit einem Lineal **schmerzvolle „Tatzen"** auf die offene Handfläche verabreichte. Und dann durfte das Kind wieder gehen. Diese Art von distanzierter Erziehungsmethode musste Luc bald nach seinem Heimantritt an sich erfahren. Bei den folgenden Schilderungen sehen wir weiter in die Verhältnisse dieses Heimes mit Kindern verschiedenen Alters, Knaben und Mädchen bis in die Zeit von Lehrabschlüssen.

Und mit Bezug auf die anstaltsmässige Haltung all dieser Knaben und Mädchen passender zu berichten wird im folgenden nur noch von Zöglingen gesprochen.

Ein Jahr später wurde dieser Heimleiter und seine Frau pensioniert. Die Stadt stellte dann einen neuen Heimleiter, von Beruf Lehrer und Oberst im Militärdienst, ein. So unterstand Luc schon wieder einer neuen Zuständigkeitsmacht.

Zur Fortsetzung des Besuches der 3.Schulklasse musste nun Luc in die Stadt. Noch nicht lange im städtischen Heim, machte Luc bereits eine dabei demütigende Erfahrung. Da solches gegenüber den städtischen Zöglingen oft der Fall war, ist dies deshalb erwähnenswert. Während einer Schulstunde vermisste Luc seinen **Radiergummi**. Um Verwechslungen zu vermeiden hatte er auf diesen vorsorglicherweise seine Namensinitialen eingeritzt. Nun stellte er fest, dass ihm der vor ihm sitzende, stets freche, dickere Schulkamerad den Gummi entwendet hatte. Luc stellt ihn zur Rede, mit dem Hinweis auf die Namensinitiale. Der Kamerad leugnete und erstattete den Gummi nicht zurück. Eine solche betrügerische Haltung erboste nun Luc derart, dass er sich nicht mehr beherrschen konnte, den Federhalter nahm und ihm diesen in den Kopf stiess. Der Lehrer, der dies beobachtete, rief Luc zu sich nach vorn und bestrafte ihn mit einer Linealtatze in die offene Hand. Luc versuchte dabei den Lehrer zu informieren was geschehen war. –

Aber warum sollte man nun schon eine Rechtfertigung
eines städtischen Heimkindes anhören ?-- . Der Lehrer
interessierte sich nicht dafür. Der Schulkamerad, der den
Gummi entwendet hatte, wurde nicht zur Rechenschaft
gezogen, nicht bestraft, und behielt den Gummi.

Es ist dies einerseits ein Beispiel, wie Zöglinge des
städtischen Heimes schnell, voreilig und dabei
unwiderruflich als Sündenböcke empfunden und beurteilt
wurden. Und wie andererseits Luc begann, sich gegen
solche Handlungen und Haltungen auf seine Art zu
wehren. Es war für Luc eine seelisch schmerzvolle
Erfahrung, zu einer Gruppe Zöglinge gezählt zu sein,
welche in der Stadt praktisch keine Rechte hatte, und oft
ungerecht behandelt wurden.

Nebst den täglichen **Hausarbeiten** hatten die Zöglinge in
den schulfreien Zeiten, wie Mittwoch- oder Samstag-
Nachmittags weitere Mithilfen zu leisten:

Die Jungen hauptsächlich im hauseigenen Garten, in der
Umgebung des Hauses, oder zum Beispiel bei der
Herrichtung, dem Sägen, Spalten und schön
Aufschichten von Brennholz für die Heizungen der
Nebengebäude.
Die Töchter halfen in Küche und bei
Kleiderflickarbeiten.

Für Luc waren es Aufträge, die er, gemeinsam mit seinen
neuen Kameraden noch recht gerne ausführte.

Auf Anordnung des Heimleiters erstellten die Jungen einmal während den Ferienzeiten, einen eigenen kleinen **Fussball- und Spielplatz**. Neben dem Heim befand sich ein zirka 20 mal 50m grosser Wiesen-Schräghang. Mit Pickel, Schaufel und Stosskarren ebneten sie diesen von oben nach unten aus. Auch bei solchen Arbeiten war Luc gerne tatkräftig dabei.

Während den Feiertagsferien durfte Luc machmal für einige Tage zu Mutter Nadja und Pflegepapa nach Seldwila. In dieser Zeit stellten die Eltern fest, dass ihnen regelmässig **Honig gestohlen** wurde. Nun kam Luc in den schlimmsten Verdacht, denn nach ihrem Ermessen konnte niemand anders dazu in Frage kommen. Sie verhörten Luc. Und dies, nachdem Luc beteuerte, dass er das nicht gewesen sei, je länger je eindrücklicher. Schlussendlich drohte ihm der Pflegepapa, wenn er noch weiter lüge, er sofort wieder ins Heim zurück müsse. Das war eine schlimme Drohung für Luc und in seiner Verzweiflung sah er keinen Ausweg, als zu sagen, er sei dies gewesen. Dann war im Moment der Fall erledigt, obschon nun Luc's Ehrlichkeit arg angeschlagen war. Nach den Ferien wieder im Heim bekam Luc vom Pflegevater einen lieben Brief. Darin entschuldigte er sich für sein erpresserisches Vorgehen zuhanden einer Schuldanerkennung Luc's. Denn so schrieb Pflegepapa, dass sie nun herausgefunden hätten, wer der Honigdieb gewesen sei. Denn sie hatten eine Zimmermieterin, bei der sie hinter deren Fensterscheibe andere gestohlene Gegenstände fanden.

Die Erkundigung bei der Polizei ergab, dass diese
Zimmermieterin eine schon bekannte, krankhafte
Kleptomanin war. **Kleptomanie** ist ein krankhafter Trieb
zum Stehlen ohne Bereicherungsabsicht und ohne
speziellen Nutzen.
Damit war Luc restlos rehabilitiert.

Ab der 4.Schulklasse hatte man auch das Schulfach
Religion. Die gleichaltrigen, katholischen Schüler einiger
Parallelklassen mussten dann zum Vikar in ein anderes
Schulzimmer. Die protestantischen Schüler hatten zur
gleichen Zeit ihren Religionsunterricht jeweils bei ihrem
üblichen Haupt-Klassenlehrer. Weil Luc seinerzeit
katholisch getauft wurde, gehörte er auch in die
katholische Religionsklasse. Von Religion hatte Luc bis
jetzt noch keine Ahnung. Obschon die Stadt ein grosses
katholisches Münster besitzt, und eine stark katholische
Vergangenheit hat, ist sie durch die Reformation
hauptsächlich protestantisch geworden. Deshalb waren
auch der Heimleiter und die meisten Hausangestellten
protestantisch. Diese kümmerten sich nicht darum, ob
nun Luc die vom Vikar aufgetragenen Hausaufgaben des
Auswendiglernens von Katechismus, Rosenkranz und
liturgischen Messeregelungen befolgte. Andereseits
sprach dieser katholische Unterricht Luc gar nicht an.
Intuitiv findet er keinerlei seelische Beziehung dazu und
lernt auch nicht dafür.
Als die Zeit der Firmung kam, eröffnete der Vikar vor
der ganzen Klasse öffentlich, dass er zwei der über 30
Schüler nicht firmen lassen könne.

Er erklärte, dass der Eine aus zerütteten Familienverhältnissen komme, und nannte vor der ganzen Klasse
dessen Namen. Der Zweite, teilte er mit, kenne ja den
Katechismus, den Rosenkranz und die liturgischen
Messeregelungen nicht; habe dies nie gelernt, und dies
sei Luc. Luc war von dieser öffentlichen Mitteilung nicht
im Geringsten berührt. Es war ihm dies zwar nicht nur
einerlei, sondern er empfand es sogar als eine Befreiung.
Aus kirchlicher Sicht bedeutet die Firmung eine
Bestätigung durch den Bischof der nun religiös
selbsständigen Zugehörigkeit des Firmlings zur
katholische Kirche und dessen Kirchgemeinschaft.
Die Tatsache, dass sich Luc seelisch nicht zu dieser
katholischen Religionslehre hingezohen fühlte, war
bereits ein, wenn auch unbewusstes Zeichen, dass in
Luc's Herzen ein anderes **religiöses Bewusstsein**
schlummerte. Der weitere Lebenslauf in Luc's echt
menschlicher Mündigkeit wird dies noch erweisen.

Nun waren die Schüler schon in der **Sommerferienzeit**.
Luc durfte über diese Zeit zu Mutter und Pflegepapa
Albert. Albert hatte in der Zwischenzeit in der Spedition
einer Thermosflaschenfabrik wieder eine Arbeitsstelle
gefunden, wo er bald dessen Speditionsleitung
übernehmen konnte. Daher waren Mutter Nadja und Luc
tagsüber meistens allein. Es war die Zeit der
Helvetienschen Landesausstellung in Seldwila.
Mutter Nadja kaufte für sie und Luc eine für 2 Wochen
gültige Dauer-Eintrittskarte.

Nun waren Mutter Nadja und Luc praktisch täglich in der Landesausstellung. Für Luc war dies neben den vergnüglichen Angeboten, wie zum Beispiel eines Schifflibaches und den musikalischen Darbietungen, eine schöne Zeit. Mit den vielen sinnvollen Ausstellungen und Darbietungen, welche sie des öftern besuchen konnten, àusserst lehr- und erlebnisreich.

Zuhause erzählte dann Luc auch den Vorfall im katholischen Religionsunterricht. Mutter Nadja und auch Pflegepapa waren von zu Hause aus keine Kirchengänger. Pflegepapa war zudem reformiert. Beide Eltern sahen in diesem Vorfall kein Unglück für Luc. Mit dem Einverständnis von Mutter Nadja überliess man Luc selbst, zu entscheiden, wenn er zukünftig in den reformierten Religionsunterricht gehen wollte.

Nach Ende der Schulferien erkundigte sich dann Luc bei seinem Klassenlehrer, ob er nun bei ihm in den Religionsunterricht kommen dürfe. Die protestantische Heimleitung hatte auch nichts dagegen und Luc wurde ohne irgendwelche Umstände, oder spezielle Formalitäten, im **protestantischen Religionsunterricht** aufgenommen.
Nach den Ferien, vor der ersten kommenden Religionsstunde, traf Luc dann den katholischen Vikar im Schulhausgang. Luc ging zu ihm und teilte ihm kurz mit, dass er nicht mehr in den katholischen Unterricht kommen würde. Der Vikar protestierte. So etwas ginge nicht so leicht; dies müsse amtlich geregelt werden.

Luc interessierte sich nicht für dessen Protestreaktion, liess ihn stehen und ging weg. Luc hat diesbezüglich nichts mehr gehört; und damit hatte sich diese Angelegenheit von selbst erledigt.
Dieser Wechsel war für Luc eine glückliche Wendung.
Die Lesungen der **biblischen Geschichten, des Lebens Jesu**, seiner grossen Hilfe an die Kranken und Ärmsten, fesselten ihn. Machmal ging der Lehrer mit der Religionsklasse hinaus in die Natur und weckte bei den Schülern Staunen und Ehrfurcht vor all den Dingen der göttlichen Schöpfung. Das war für Luc echtes, lebendiges Christentum, das sein Herz ansprach.

Obschon Luc bis anhin weder an seinen bisherigen Aufenthaltsorten, noch Zuhause bei den Eltern, noch im derzeitigen Heim niemand mit ihm gebetet oder religiöse Geschichten angesprochen hatte, entwickelte sich bei ihm ein ausgeprägtes religiöses Empfinden. Ein Empfinden das bis anhin tief in seiner Seele geschlummert hatte.
Es musste eine starke Hilfe und Führung seines Schutzengels gewesen sein, der zu dieser Entwicklung beigetragen hatte.

Einmal erhielt Luc als Geschenk eine **Schildkröte**. Im Schopf des Gartennebengebäudes findet er, einst ein für die Aufzucht von jungen Hühnern gebrauchtes, jetzt ausgedientes vergittertes, viereckiges Holzgehege. Es eignete sich ausgezeichnet für einen Schildkröten-Freiluftplatz in der Wiese nebenan.

Irgend jemandem schien dies nicht zu gefallen. Denn nach einigen Tagen ist die Schildkröte verschwunden, obschon das Gehege ein Untendurchschlüpfen nicht ermöglichte. Luc vermutete dahinter die wortlose Hand des Heimleiters, weil schliesslich die anderen Zöglinge auch kein eigenes Tierchen haben durften.
Wieder einmal eine schmerzliche Erfahrung.

Im Heimgarten gab es auch ein Bienenhaus. Dieses wurde vom Gärtner betreut. Da war wieder einmal ein **Bienenvolk** mit einer jungen Königin ausgeschwärmt. Der Gärtner fand diesen dann, auf der anderen Hausseite, wie eine grosse Traube an einem Baum hängend. Nun musste dieses eingefangen werden. Da sich Luc hie und da beim Gärtner bei den Bienen aufhielt, war er etwas vertraut in der Nähe der Bienen, und hatte auch schon gesehen wie man ein ausgeschwärmtes Bienenvolk wieder einfängt. Das war nun eine Gelegenheit eines sinnvollen und interessanten Einsatzes, dem Gärtner beim Einfangen behilflich zu sein, und die Möglichkeit seiner Mithilfe zu beweisen. Der Gärtner erlaubte ihm diesen Versuch. Luc hatte alle notwendigen Hilsmittel, Sack, Abstreifkelle, und Leiter zur Verfügung. Gedacht, getan. Da Luc keine Probleme mit Bienenstichen hatte, verzichtete er auf einen Kopf-Netzschutz. Denn, wenn er es geschickt und sorgfältig machen würde, konnte dabei nichts Unangenehmes passieren. Hier hatte er sich aber überschätzt. Er verpasste im ersten Anlauf die günstige Abstreichstelle und so hatte er im Nu den Kopf voller Bienen.

Nervös reagierend, versuchte er die Bienen mit der Hand weg zu treiben, was die Situation nur noch verschlimmerte. Nun liess Luc alles fallen und rannte möglichst weit vom dort aufgescheuchten Bienenvolk weg, immer noch hastig die Bienen von seinem Kopf wegschlagend. Dabei schlug er auch ungewollt seine Brille vom Kopf. Nach kurzer Zeit war sein ganzes Gesicht geschwollen und Luc konnte kaum mehr aus den Augen sehen. Seine Brille, die irgendwo in der Wiese liegen musste, hat er nie mehr gefunden. Weil Luc sich schon etwas an Bienenstiche gewohnt war hat er diese Bienenattacke ohne weitere Folgen überstanden.
Aber es war für ihn eine Lehre, sich bei neuen Aufgaben behutsamer und vorsichtiger vorzubereiten und zu schützen.

Luc war, wie alle Knaben auch nicht immer der brävste. Beim ins Bett gehen wurde oft auch Allotria getrieben. Es gab Kissenschlachten und jeder versuchte mit allerlei **Dummheiten** die Lacher auf seiner Seite zu haben. Luc kam dabei auf die Idee sein Nachthemd auszuziehen und nackt im Bett herumzuhüpfen. Dieses Verhalten hatte warscheinlich den Grund von bald altershalber eintretenden sexuellen Regungen. Das kam nicht gut heraus. Irgendwie vernahm das der Heimleiter und witterte schlimmsten, sexuellen Unfug. Anderntags zitierte er Luc in ein leeres Wohnzimmer. Dort verurteilte er diese Hüpferei als etwas vom Allerschlimmsten. Er holte seinen Offizierssäbel und drohte, er werde Luc jetzt den **Kopf abhauen**.

Nachdem der Heimleiter Luc in höchste Höllenangst
gebracht hatte, nahm er seinen Militärgurt und prügelte
Luc damit zusammen. Gleichzeitig schor er ihm dann
eine Glatze. Alle, im Heim und in der Schule, sollten
sehen was für ein sündiges Geschöpf dieser Luc wäre.
Das war die Methode eines Heimleiters, Haupmann im
Militär, die Zöglinge zu einer „gesunden Einstellung" zur
Nacktheit zu erziehen.

Die Haltung der Heimleitung und auch des
Betreungspersonals zu Fragen der Sexualität war alles
andere als förderlich für eine entsprechend angebrachte,
gesunde Entwicklung hiezu für die Zöglinge. Alles, was
irgendwie die Sexualität betraf, war sündhaft. Darüber zu
Reden war tabu. Über tatsächliche Probleme die die
Sexualität verursachen könnte, wurde wie ein strenges
Geheimnis geschwiegen. Das erfuhr Luc auch später, als
er in das Alter kam, in welchen sich die sexuellen
Empfindungen anmeldeten. Es gab da keinerlei
Aufklärung für die Zöglinge, und am allerwenigsten ein
entsprechendes, verständnisvolles Gespräch seitens der
Erzieher. Dabei wäre es angebracht und für die Zöglinge
heilsam gewesen, wenn man ihnen überzeugend eine
achtungs- und verantwortungsvolle Einstellung für eine
sexuelle Enthaltsamkeit vermittelt hätte.

Damit bestand die Gefahr, dass Zöglinge beim Auftreten
von sexuellen Empfindungen, diesen nachgaben und
damit auf unsittliche Weise lösten; woraus sich sehr
rasch eine Gewohnheit ergeben konnte.

Noch schlimmere Auswirkungen können sich
entwickeln, wenn Zöglinge später homosexuell werden
oder gar zu sexuellen Untaten neigen. Zum mindesten
verblieb bei allen Jugendlichen eine ungesunde,
versteckte Neugier zum geschlechtlichen Unterschied
zwischen Mädchen und Knaben. Auch Luc ging es hiezu
nicht besser.
So geschieht Luc eines Tages folgendes
geheimnislüftendes Erlebnis. Vom Heim aus besuchte
Luc seinen Onkel Robert, den Bruder seines Pflegepapas,
der unten in der Stadt wohnte und bei dessen Familie er
seinerzeit, vor zirka zehn Jahren, als 5-jähriger,
untergebracht war. Dort spielte er mit den Kinder des
Onkels und des Hauses. Dabei war auch ein ihm etwa
gleichaltriges Töchterchen von Robert. Das
Versteckenspiel erstreckte sich auch in die Kellerräume.
Während Luc und das Töchteren im Keller waren,
wollten sie beide auf Vorschlag von Luc sehen, was der
Unterschied zwischen Mädchen und Buben ist. Wohl
etwas zaghaft ziehen sie ihre Höschen hinunter. Damit
war ihr „Wissensdurst" befriedigt, der Fall gelöst und
erledigt. Aber in dem Sinne war das noch nicht das Ende.
Denn nachdem Luc schon wieder zurück im Heim war,
erzählte dann das Mädchen in ihrer diesbezüglichen
Naivität den Eltern davon. Und damit war es mit dem
Ruf Luc's bei der ganzen Familie Robert's und auch bei
Albert nicht mehr gut bestellt. Onkel Robert verbot Luc
weitere Besuche bei ihnen, und in späteren Jahren
vernahm Luc, dass man deswegen schlechte Vorurteile
gegen ihn aufgebaut hatte.

Luc musste auf Grund der damaligen, prüde-falschen Einstellungen des Heimbetreuer-Personal, mit den Erlebnissen der bald auftretenden sexuellen Empfindungen allein fertig werden. Eine gesunde Einstellung dazu, vor allem zur Nacktheit, musste er sich selbst erarbeiten. Die Nackheit konnte für ihn keine geheime, oder gar sündhafte Tatsache sein. Als ein Geschöpf Gottes, hat der Mensch sicher nicht einen verabscheuungswürdigen Körper bekommen. Über die Haltung Luc's über derartige, die Nacktheit betreffenden Probleme werden wir anlässlich der später erläuterten Einsichten Luc's noch erfahren.

Die Mönchenstadt führte alle vier Jahre ein **Kinderfest** mit Kinderumzug durch. Verschiedene private Schüler-Musikgruppen beteiligten sich auch dabei, so auch ein **Handörgeliclub.** Gerne hätte Luc auch das Handorgelspielen gelernt. Aber als Zögling des Städtischen Heimes war ein solcher Wunsch chancenlos. Keines seiner Heimkameraden konnte ein Musikinstrument spielen lernen. Aber bei Luc begann sich im Denken und Wollen bereits schon eine Neigung zu einer gewissen unabhängigen Selbsständigkeit zu regen. Genau so dreist und unbekümmert, wie er vor drei Jahren im Wohnquartier der Eltern in ein Restaurant ging und für etwas Essen bettelte, entschloss er sich, ohne Rücksprache mit dem Heim oder den Eltern, nächstens bei der Handharmonika-Schule vorbei zu gehen und sich vorzustellen. Die erste Frage des dortigen Clubleiters war natürlich, ob Luc schon eine Handorgel hätte.

Natürlich hatte er keine, und gab auch zu verstehen, dass
er vom Heim komme, und kaum jemand finden würde,
der ihm eine solche beschaffen würde. Der Clubleiter
hatte wohl etwas Erbarmen und meinte, er hätte ihm
vielleicht leihweise ein älteres Instrument, das er für ihn
gratis etwas zurecht machen könnte. Auf Grund dieser
Selbsständigkeit Luc's traute er ihm zu, dass er
autodidaktisch in der Lage wäre, das Spielen zu lernen.
Er würde ihm einmal das Wichtigste zeigen, und dann
müsste er aber selber weiter sehen. Warscheinlich war es
Mutters Verdienst, dass Luc dann etwas später ein
eigenes Örgeli bekam.
Ein etwa gleichaltriges Mädchen im Heim, namens
Karin, bekam fast gleichzeitig auch ein Örgeli geschenkt.
Von dort erhielt Luc jeweils etwas Geld, womit er hie
und da in die **Clubhandorgelstunde** in der Stadt gehen,
und für sie beide Noten kaufen konnte. Dafür brachte
Luc der Karin regelmässig alles das bei, was er jeweils in
der Clubhandorgelstunde neu lernte. Luc lernte dabei wie
man jemand anderem erfolgreich etwas lehrt. Er besass
dazu auch etwas Talent, das notwendige
Einfühlungsvermögen und Fingerspizengefühl. Diese
Fähigkeit hat, wie wir noch erfahren werden, später auch
sehr zu seiner beruflichen Entfaltung beigetragen.

Vor einem Jahr begann der zweite **Weltkrieg**.
Lebensmittel und andere im Haushalt notwendige
Verbrauchsartikel wurden rationiert. Am härtesten traf es
die städtische Bevölkerung, sofern sie nicht spezielle
Beziehungen zu landwirtschaftlichen Betrieben hatte.

Die Bauern und sonstigen Selbstversorger waren dabei
etwas besser dran. Die Zöglinge bekamen diese
Rationierung auch zu spüren. Es gab nun mehr Gemüse
aus dem eigenen Garten. Die rationierten Lebensmittel
wurden im Heim zum Teil ungerecht eingesetzt. Die
älteren der Jungen fanden heraus, dass der Heimleiter mit
den Hausangestellten oft nur dem Schein nach mit den
Zöglingen im Esssaal assen, abends aber dann in einem
leeren Zimmer der Hausverwaltung sich separat,
heimlich zu einem eigenen Abendessen trafen und dabei
rationierte Lebensmittel im Überfluss zur Verfügung
hatten. Dieses Nebenzimmer war so gelagert, dass man
sich dazu zu gewissen Zeiten mit einem eigens
gebastelten Schlüssel Zugang verschaffen konnte.

Einen derartigen Nachschlüssel verstanden diese Jungen,
darunter auch Luc, mit Draht herzustellen. Damit sind
einige Knaben heimlich zu ergänzenden Portionen Brot,
Butter und Konfitüre gekommen. Sicher musste das der
Heimleitung hinterher irgendwann aufgefallen sein.
Die Angelegenheit wurde aber wohlweislich nicht
untersucht, sondern verschwiegen.
Ein anderes Beispiel war die **„unter der Hand-
Belieferung"**, von zum Beispiel Eiern und rationierten
Lebensmittel des Heimes, an den nahe wohnenden
Stadtpräsidenten. Auch Luc, den man als naiv genug
einschätzte, musste selbst auch einmal, mit einem Korb
voll solcher zugedeckter Lebensmittel, **Kurierdienst**
zum Stadtpräsidenten machen.

Im Heim gab es eine umfangreiche **Bibliothek**.
Die Zöglinge konnten dort Bücher ausleihen.
Luc interessierte sich vornehmlich für die Karl May-
Bücher. Es waren dort alle bekannten Bände der Karl
May-Bücher vorhanden. Im Laufe der Zeit hatte Luc
diese alle gelesen. Das faszinierende an den Karl May-
Geschichten war für Luc, neben der geschichtlichen
Spannung, dass nach den vielen bösen Bestrebungen und
Geschehnissen, immer wieder ein mit gutem Vorbild und
kämpferischen Einsatz erreichter glücklicher Abschluss
erfolgt.

Luc liebte allgemein solche Literatur. So hat er auch das
Buch **„Ben Hur"** gelesen, das ihn als eine Geschichte
aus der Lebenszeit Christi ganz besonders fesselte.

Eines Tages erfuhr man, dass im nahe gelegenen Kino in
der Stadt ein Film über „Ben Hur"gezeigt wurde. Die
Zöglinge erhielten die Erlaubnis diesen Film zu
besuchen. Es war dies für Luc ein sein seelisches
Empfinden tief aufwühlendes Erlebnis. Einerseits im
Anfang die grosse, der Ben Hur-Familie von einer
kriegerischen Macht und einem karrierestrebenden,
ehemaligen Freund zugefügten, unheilvollen
Ungerechtigkeit.

Und dann im weiteren die schicksalshafte Fügung und
Hilfe an Ben Hur. Und schliesslich die, unter Christi
Anwesenheit, erwirkte Wiedergutmachung all der an Ben
Hur und seiner Familie zugeführten Unglücke.

Solche Literatur förderte auch Luc's religiöses Fühlen
und Gerechtigkeits-Denken. Auch stärkten solche
Beispiele sein Vertrauen zu einer schlussendlich
göttlichen Gerechtigkeit, dies trotz zeitweise
auftretenden Schicksalsschlägen und harten
Lebenssituationen. Solche Beispiele zeigen auch den
grossen erziehungsfördernden Einfluss von
Schwierigkeiten im Leben, die offenbar gerade deshalb
von göttlicher Hand dazu zugelassen werden.

An einem sonnigen Tag war Luc allein unterwegs. Neben
dem grossen Areal des städtischen Heimes gab es einen
weitläufigen, schönen Stadtpark. Dort legte sich Luc in
der Wiese, unter einen schattenspendenden Baum. Nicht
beabsichtigt schlief Luc dabei ein. Geraume Zeit später
erwachte er mit einem ungewöhnlich, überaus
beglückenden, intensiv erlebten **Traum**. Der Traum
enthielt die untrügliche Gewissheit, dass er, als
selbsbewusstes Wesen, nie sterben und **ewig leben**
würde.

Diese Botschaft war für Luc, für sein ganzes zukünftiges
Leben und Dasein, ein Geschenk des Himmels. Und seit
dann war ihm auch voll bewusst, dass das Sterben des
Menschen nur ein Übergang ist, und das eigens bewusste
Leben nach dem irdischen Tod weiter geht. Im
Mosaikbild seiner, auch später noch verschiedenen
spirituellen Erfahrungen, war das der schönste und
wertvollste darin sichtbare Edelstein.

Andererseits war Luc nicht immer derjenige, welcher gegen gewisse Charaktere speziell duldsam und diplomatisch-akzeptierend sein konnte. Dabei sei an das Beispiel des ihm von einem dickeren Schulkameraden einst gestohlenen Gummis erinnert. Seit dieser Zeit hatte er etwas gegen korpulente Jungen. Denn in vielen Fällen erlebte er solche als übertrieben tonangebende, meist etwas rücksichtlos egoistisch auftretende Mitschüler.
In Luc's Schulklasse war gerade ein so fettleibiger Kamerad, der in hie und da vorkommenden Fällen, in denen Luc als Heimzögling gehänselt und geplagt wurden, das grosse Wort führte.
Da ereignete sich einmal, dass der Klassenlehrer auf Grund eines Versäumnisses eines Klassenkameraden, bei dem der Sünder nicht genau festgestellt werden konnte, die ganze Klasse strafte. Der Lehrer meinte, die Schüler könnten ja schliesslich einen solchen **Klassen-Störefried** selbst einmal massregeln. Solche Fälle waren für Luc immer eine unangenehme Situation, denn zuerst verdächtigten viele der Schüler stets den Heimzögling als Sünder.
Luc spürte, dass in diesem Falle einige Schüler ihn als Sündenbock im Visier hatten. Warscheinlich musste er sich auf das Schulende gefasst machen.
Als die Schulglocke das Schulende anläutete, beobachtete Luc vorerst, wie sich Kameraden von ihm vor der Schule postierten. Dann ging er vorsichtig zum Schulhausausgang, überblickte die Situation, sah, dass da ein paar ganz verdächtig herumstanden und auf ihn warteten.

Dabei spürte er, dass an und für sich keiner der erste sein
wollte Luc anzugreifen. Luc nutzte die Gelegenheit,
rannte so schnell er konnte aus dem Schulhaus, in
Richtung seines normalen Schulweges. Nun fingen einige
der auflauernden Kameraden an ihm nachzurennen.
Das Rennen ging gegen den Bahnhof, unter dessen
Unterführung durch, Richtung Strassenaufstieg zum
Heim. Da aber Luc ein sehr gewandter, schneller Läufer
war, konnten sie ihn voerst nicht einholen.

Dann kam eine Häuserecke. Luc sprang
geistesgegenwärtig hinter dieser Häuserecke in die
nächste Haustüre, welche die noch auf der andern Seite
der Hausecke springenden Verfolger noch nicht sehen
konnten. Er ging zwei Stockwerke die Treppe hoch und
beobachtete vom Treppenhausfenster aus die
heranspringenden Verfolger. Diese sprangen den ihnen
bekannten Heimweg Luc's entlang, in der Meinung, in
irgendwie doch noch einzuholen. **Der Dicke**, der
Haupträdelsführer der Gruppe, vermochte den andern
nicht so schnell zu folgen und kam erst ziemlich weit
hinten nach. Das war Luc's Chance diesem einen
„Denkzettel" zu verpassen.
Nachdem die andern schon ausser Sichtweite
weitergerannt waren, geht Luc wieder herunter und
empfängt dort den Dicken. Luc ist einerseits weitaus
beweglicher und jetzt derart in Rage, dass er praktisch
hemmunglos, jede Gegenwehr verhindernd, den Dicken
nach allen Kanten verprügelte und dann den auf den
Boden gefallenen liegen lässt.

Auf einem anderen Umwege ist dann Luc ruhig und
befriedigt nach Hause gegangen. Anderntags in der
Schule wussten bald alle, dass der Dicke bös bezahlen
musste und gegen den schmächtigen Luc keine Chance
hatte. Niemand machte dabei irgendwelche Anstalten
gegen Luc. Man sprach auch nicht darüber. Von da an
hatte Luc vor dem Dicken, der ihm nun überall aus dem
Weg ging, sowohl auch allgemein in der Klasse seine
Ruhe. Luc aber hatte von diesem Zeitpunkt an nichts
mehr gegen Dicke. Er hatte ja gesiegt und etwas weiteres
war da nicht mehr notwendig.
„Was sollten ihm solche noch antun können ?!"

Bald nahte die Zeit des **Schulausflug**es. Die Klasse
schlug vor, man möchte doch einmal einen Schulausflug
per Velo machen. Der Lehrer startete aber zuerst
folgende drei Fragen an die ganze Klasse: Erstens: Sind
alle mit einem solchen Vorschlag einverstanden ? Und es
waren alle begeistert davon. Zum Zweiten: Können wohl
alle Velofahren, beziehungsweise: „Wer kann noch nicht
Velofahren ?" Bei dieser Frage sah sich Luc um, ob sich
wohl einer melde. Doch keiner meldete sich. Luc selbst
konnte noch nicht Velofahren, was jetzt ?
Und Luc meldete sich nun auch nicht.
Er, der Zögling vom städtischen Heim sollte hier
zugeben, dass er als einziger nicht velofahren konnte.
Einerseits würde er damit eventuell diesen vielseitigen
Wunsch zunichte machen.
Und andererseits würde er von vielen deswegen nur
belacht und gehänselt. Das wollte er nicht riskieren.

Nun vom Lehrer die dritte Frage: „ Hat eines von Euch
noch kein Velo ?" Narürlich hatte Luc kein Velo. Aber er
sah sich wieder in der Runde herum, ob sich jemand
melde. Aber wieder meldete sich niemand.
Und Luc schwieg wieder.—

In zwei Wochen sollte der Ausflug sein. Luc war nun
gefordert. Im Heim gab es ein altes Velo, warscheinlich
für die Benutzung durch den Gärtner und dem
Hauspersonal. Luc konnte sich die Erlaubnis erbitten,
dieses Velo für den Schulausflug zu fahren. Aber noch
musste er nun das Velofahren lernen.

Tag für Tag übte er dazu. Anfangs konnte er das
notwendige Fahrgleichgewicht jeweils nur ein paar Meter
weit halten, musste dann stets wieder anhalten und von
neuem beginnen. Bald schaffte er es ohne Stopp
geradeaus zu fahren. Das waren jeweils die zirka 100
Meter dem Haus entlang. Um die Kurve zu fahren war
noch ein Experiment für sich. Mit der Zeit beherrschte er
auch das, sodass er durchgehend rund um das Haus zu
fahren vermochte.
Am Tage des Schulausfluges ging es nun aber durch die
Stadtstrassen zum Besammlungsort. Das war für ihn
noch eine neue Herausforderung. Denn einerseits ging es
zuerst abwärts und zum andern musste er nun in der Stadt
verkehrsgerecht fahren. Er schaffte es. Man startete zum
Ausflug. Zuerst hinaus aus der Stadt, dann über Land,
dann zum Teil in Einerkolonne über schmale Velopfade
über die Felder.

Der Lehrer realisierte rasch, dass Luc des Velofahrens nicht gewohnt, und dies offenbar seine erste Velofahrt war. Aber er liess sich dies nicht anmerken. Er kannte Luc dafür, dass er nicht so schnell etwas aufgeben würde. Weiter ging es über einen kleinen Pass Richtung des Vogelnaturparkes am gegenüberliegenden See. Unerwarteterweise wurde die Talfahrt zum See plötzlich von einem quer über die Strasse fahrenden, von zwei Pferden gezogenen, Heuwagen unterbrochen Die Schüler musste bremsen und kurz absteigen. Luc aber, solcher Situation ungewohnt, vermochte nicht rechtzeitig zu bremsen und fuhr seitlich in die Pferde hinein. Die „menschenfreundlichen" Pferde standen sofort bockstill. Luc schlitterte samt dem Velo unter ihnen durch auf die andere Seite. Glücklicherweise war nichts Schlimmes passiert. Luc stand auf, hob das Velo auf und inspizierte es auf eventuellen Schaden. Die Lenkstange war verdreht, konnte aber wieder gerade gestellt werden. Der Bauer des Fuhrwerkes hatte Mitleid mit Luc. Dessen Bauernhof war gerade gegenüber auf der anderen Strassenseite. Er lud die Schüler, vor seinem Stall, zu einem Schluck soeben frisch gemolkener Milch aus dem Melkeimer ein. So wurde aus dem Zwischenfall für alle ein kleines Erlebnis.

Nach dem ausgedehnten, informationsreichen Besuch des Vogelschutzparkes ging es wieder auf die Heimfahrt. Dabei musste Luc feststellen, dass fast alle seine Schulkameraden nur noch hinter ihm fuhren und offenbar irgend etwas zu lachen hatten.

Bald realisierte er dann aber, dass beide Räder seines Velos je eine sogenannte „Achterform" (seitlich leicht gekrümmt-verbogen) zeigten. Warscheinlich zum Teil seit dem Sturz bei den Pferden, das sich beim anschliessenden Weiterfahren noch verschlimmert hatte.

So kammen sie dann aber alle, inklusiv Luc, wohlbehalten zu Hause wieder an. Im Heim realisierte man die Defekte am Velo und Luc's erlebte Anfängerschwierigkeiten. Ausser einer kleinen, gut gemeinten Schelte war, warscheinlich auch wegen dem älteren Jahrgang des Velos, nichts mehr passiert.

Dieses Ereignis zeigt auch, dass die Gefahr, wegen etwas verlacht zu werden, den Betroffenen zu spezieller Anstrengung mobilisiert. Und Neues, nicht Vorausgesehenes wird praktisch zwangsweise gelernt und damit das Selbstvertrauen gestärkt.

Luc war, seit seinen früheren Kindheitsjahren, auf Grund seiner bisherigen Erlebnisse, weder verwöhnt, noch verschont, oder abgeschirmt von unangenehmen Erfahrungen. Daher war er nicht der Typ, sich von derartigen Problemen unterkriegen zu lassen.
Er war so gesehen schon wesentlich selbsständiger und härter im Nehmen als viele seiner Schulkameraden. Damit vermochte er Nachteile, die ihm, wie schon vernommen, als Heimzögling erwuchsen, wegzustecken und auszugleichen.

Erlebnisse, Reifung während der Sekundarschulzeit

Es war das Jahr 1941 und Luc nun bereits schon im
seinem 13. Altersjahr. Die Zeit der Primarschule ging
nun zu Ende und für die weitere Schulung gab es in
seiner Stadt drei anschliessende Möglichkeiten
schulischer Weiterbildung. Das waren die Oberschule,
dann die, mit mehreren fachspezifischen Lehrern
geführte Sekundarschule und die für das Ziel der
Maturität vorgesehene Kantonsschule. Luc trat nun aus
der Primarschule in die **Sekundarschule**.

Die Schüler von Kantons- und Sekundarschule wurden
gleichzeitig auch in das städtische **Kadettenkorps**
aufgenommen und bekamen dazu eine Kadettenuniform.
Deren Übungen fanden jeweils nach der normalen
Schulzeit statt, so z. B. an den Mittwoch- und Samstag-
Nachmittagen. Diese beinhalteten auch eine Erweiterung
des damaligen militärischen Vorunterrichts. Auch lernte
man dort den Umgang im Schiessen mit dem damaligen
Karabiner. Zu ihr gehörte auch eine eigene Marschmusik.
Schüler, welche ein Blasinstrument oder die Trommel
spielten konnten sich damit bei der Kadettenmusik
melden.
So wie seiner Zeit für einen Start zum Handorgelspielen
meldete sich auch Luc beim Musikdirektor für einen
Eintritt in diese Marschmusik. Dessen erste Frage war
natürlich: „Was für ein Instrument spielst Du ?"
Und Luc musste orientieren, dass er weder ein
Marschmusikinstrument besass, noch zu spielen wisse.

Er würde aber gerne **Klarinett spielen** lernen. Auf Grund
des ernsthaften Interessens Luc's sieht der Musikdirektor,
im Instrumentenkasten von älteren Instrumenten, nach
einem noch brauchbaren Klarinett. Ein solches bringt er
in den notwendig spielbaren Zustand und leiht es Luc für
die Zeit der Kadettenschul-Zugehörigkeit.
Luc selbst bestellt er 4-mal zu sich nach Hause und bringt
ihm das Wichtigste zum Spielenlernen und Üben bei.
So konnte Luc leichtere Stücke in der Marschmusik-
formation einigermassen mitspielen. Leider musste Luc,
wie vereinbart, das Instrument beim Verlassen der
Sekundarschule wieder abgeben. Eine Fortführung eines
weiteren Fortschrittes darin, war ihm dann deshalb leider
nicht mehr vergönnt.

Eines Morgens erwachte Luc aus einem bösen, ihn
zutiefst aufwühlenden, einer Art warnenden **Traum**.
Darin erlebte er, dass der Mitteltrakt ihres grossen
Heimes, dort, wo die Familie der Heimverwaltung im
1.Obergeschoss ihre Privatwohnung hatte, brennt.
Luc fühlt sich überaus beunruhigt und innerlich gedrängt
diese **Traumwarnung** unverzüglich der Heimverwaltung
mitzuteilen. Nach der kurzen Morgentoilette, noch vor
dem Morgenessen, begab sich Luc hinunter ins
1.Obergeschoss, durch den langen Gebäudegang zur
Wohnungstüre der Heimverwaltung. Während er nach
der Wohnungstürglocke greifen wollte, um zu läuten,
hielt er zuerst nochmals inne und überlegte, wie er das
wohl sagen solle. Auch fragte er sich, wie der
Heimverwalter wohl auf so etwas reagieren könnte.

Da zwischen den Zöglingen und der Heimverwaltung im
allgemeinen kein spezielles Vertrauensverhältnis
bestand, kam Luc ins Zweifeln, ob man ihn überhaupt
ernst nehmen, oder gar ausschelten würde. Nach solchen,
einige Minuten dauernden Fragegedanken traute er sich
nicht mehr zu läuten. Unverrichteter Dinge verliess er
den Gang zur Verwalter-Wohnungstüre, und begab sich
zum gemeinsamen Frühstück in den grossen Speisesaal.
So ging es wie üblich, in die Stadt zur Schule und dann
zur Mittagspause wieder nach Hause. Während dem
Essen ruft plötzlich jemand, dass es unter der Verwalter-
wohnung im Mitteltrakt-Treppenhaus **lichterloh brenne**.
Wer konnte, holte von den im ganzen Gebäude verteilt
stationierten Feuerlöschern. Die herbeigerufene
Feuerwehr löschte dann endgültig den Brand. Teile der
im 1. Stock liegenden Wohnungszimmer waren dadurch
stark brandgeschädigt. Anschliessend kam die Polizei
ins Haus um die Brandursache abzuklären. Im
Treppenhaus-Parterre-Vestibül, dort wo der Brand
entstand, waren Theaterkulissen gestappelt.
Anschliessend stellte sich heraus, dass ein 1. Klässlerbub
regelmässig in diesem normalerweise verlassenen
Mitteltraktteil, versteckt hinter den Kullissen, mit
Zündhölzchen und Kerzen „zündelte". Wie wäre nun Luc
in den schlimmsten Schuld-Verdacht geraten, wenn er
vor dem Morgenessen die zuerst geplante Warnung
ausgeführt hätte. Umso mehr dann, wenn er dabei vom
Heimleiter gescholten worden wäre. Und den Brand hätte
er höchst warscheinlich nicht verhindern können, da man
ihn, den Zögling kaum ernst genommen hätte.

Umsonst war hingegen diese Traumwarnung an Luc
nicht. Denn für ihn war dies ein eindrückliches Zeichen
und ein Beispiel dafür, dass eine dafür sensible Seele in
der Lage ist, Warnungen einer geistig voraussehenden,
höheren Warte zu empfangen. Speziell Kinder, deren
seelische Sensibilität noch nicht vom Zwang weltlicher
Daseinstätigkeiten und finanziellen Erwerbsaufgaben
geprägt und davon überschattet ist, sind noch oft
empfänglich für nicht materielle, übersinnlich spirituelle
Wahrnehmungen. Leider weiss dies die Erwachsenenwelt
meist nicht zu deuten. Für Luc brachte dies, wie frühere
Erlebnisse und Wahrnehmungen, so zum Beispiel seine
Traumbotschaft vor einem Jahr beim Schlaf auf der
Wiese, die untrügliche Erkenntnis, dass ausserhalb
unserer irdischen noch eine geistige Ebene mit einer
göttlichen, wissenden Engelswelt existiert.
Wie Luc in späteren Jahren auch feststellte, deckt sich
diese Erkenntnis mit Berichten aus der Bibel.
Diese nennt in mindestens 400 Fällen die Engel
(siehe Beispiele Tob. 5,4 ; Luk.1,11-19; 1,26; 2,9-15; Jud. 9;
und allgemein die „Zürcher Bibel-Konkordanz"), sowie auch die
Cherube (Cherubine), die Saraphe (Seraphine), die
Erzengel, und die Sieben Söhne Gottes.
Es war für ihn auch logisch, dass diese geistige, Gott
zugehörige, Engelswelt einen zeitlich- zukünftig, weit
voraussehenden Überblick haben muss. Und sie wird
auch, wie die Bibel vielfach berichtet, die Möglichkeit
einer spirituellen Mitteilung an Menschen haben.
Darüber soll Luc's Geschichte in entsprechenden
Zeitpunkten noch berichten.

In den Jahren der Sekundarschule hatten die Schüler innerhalb der sportlichen Vorschulung des Vorunterrichtes obligatorisch alljährlich eine **Vorunterrichtsprüfung** zu absolvieren. Dazu gehörten die Disziplinen Streckenlauf, Kugelstossen, Weitsprung, Hochsprung, Schiessen und **Schwimmen.**
Es war noch kein Jahr her seit Luc selbst, ohne fremde Hilfe, das Brustschwimmen lernte. Er sah vorerst, wie andere Kameraden im tiefen Wasser zu einem Floss hinausschwammen.
Warum sollte er das nicht auch fertigbringen ? --
Er übte die bei den Brustschwimmern abgeschauten Bewegungenabläufe zuerst im Nichtschwimmerteil, dort wo man jederzeit noch auf dem Boden abstehen konnte. So erlebte er, dass das Wasser den Körper allein noch genügend über dem Wasserspiegel trägt, gewann dazu immer mehr Vertrauen und Sicherheit, bis er eines Tages mutig durchs tiefe Wasser zum Floss hinausschwamm.
Bevor er zum Vorunterrichts-Wettschwimmen anzutreten hatte, schaute er bei den vorherigen Schwimmläufen zu, wie das vor sich zu gehen hatte. Es gab dazu acht vorgespannte Schwimmbahnen von je 50 Meter Länge. Im Test musste man hin und zurück, also 100 Meter schwimmen. Diesen Schwimmtest musste man mit Zivilschutzkleidern absolvieren. Diese sind aus strapazierfähigem, schweren Stoff hergestellt, bestehend aus einer langen Hosen, sowie einer Jacke mit langen Ärmeln. Luc beobachtete beim genauen Zusehen, wie das Zivilschutzkleid das Vorwärtskommen im Wasser erheblich erschwert.

Beim Vorstrecken der Arme floss das Wasser stets
abbremsend in die Ärmel und der lockere Saum der
Jacke bremste ebenfalls. Einigen Schwimmern passierte
es gar, dass durch den Wasserwiderstand die Hosen
hinunterrutschten. Luc kennt das Crawlen vom Sehen
her, hatte es aber vordem selbst noch nie ausprobiert.
Beim näheren Überlegen leuchtete es ihm jedoch ein,
dass das beim Brustschwimmen unter Wasser nach
Vorneführen der jackebedeckten Arme, sehr hinderlich,
vor allem sehr bremsend ist, aber beim Crawlen
vermieden werden kann. So nahm er sich vor, wenn er an
der Reihe war zum Schwimmen, dies mit Crawlen zu
probieren. Nun wurde er aufgerufen. Beim Anziehen des
Zivilschutz-Überkleides steckte er den unteren Saumteil
der Jacke gut angespannt unter den Hosenbund und zog
den Hosengürtel stramm an, sodass die Hose nicht
abrutschen konnte. So ging er zum Startbock.
Die Zeitnehmer waren bereit und es erfolgte der
Startpfiff. Der Start gelang ihm gut, der Hosengurt hielt,
die Hosen rutschten nicht ab. Wie vorgenommen hob er
die Arme, jeweils nach den Crawl-Schwimmzügen
abwechselnd, hinten gut gestreckt aus dem Wasser und
führte sie über dem Wasserspiegel wieder nach vorn. Für
Luc funktionierte dies auf Anhieb, besser als er erhofft
hatte. Dabei realisierte er, dass er sich gegenüber den
Schwimmern auf den andern Bahnen bereits an
vorderster Front befand und dass sich sein Vorsprung
laufend vergrösserte. Er kam als Erster dieser
Achterserie an. Für Luc selbst ein grosses erfreuliches
„AHA-Erlebniss". Er hatte das Crawlen gelernt.

Noch kaum der Zivilschutzkleider entledigt kamen
Mitglieder des städtischen Schwimmclubs zu ihm und
versuchten ihn zum Beitritt in den Klub zu motivieren.

Natürlich hätte er sehr grosses Interesse für ein
Mitmachen im Schwimmsport. Aber da war noch die
Schwierigkeit vom Heimverwalter ein entsprechendes
Einverständnis zu bekommen. So wandte er sich dann,
mit diesem Wunsch, Zuhause an den Heimverwalter.
Aber daraus wurde nichts.
Ein Beitritt in einen **Sportverein** wurde den Zöglingen
des städtischen Heimes nicht gestattet.

Das war wiederum eine schmerzliche Erfahrung für Luc;
dies um so mehr schon deshalb, da schon zwei Jahre
vorher, also entsprechend viel jüngere Schulkameraden
von ihm, schon im Schwimmklub mitmachen konnten.

Leider wurden so spezielle sportliche Eignungen und
Interessen der Jugendlichen weder gefördert noch
irgendwie unterstützt. Die Geschichte wird noch zeigen,
dass Luc den Wunsch zum Schwimmsport nicht
vergessen hatte, und wenn auch später noch den Weg
dazu fand.

Luc kam zu einer neuen Erfahrung, einer Mitleidlosigkeit
des Heimpersonals gegenüber einer todkranken Katze,
verbunden mit Unverständnis und Vorverurteilung über
die für die Katze erlösende Tat durch Luc.

Eine junge, heimatlose Katze schlich seit einigen Tagen, abgemergelt und krank, leidend ums Haus. Das **arme Kätzchen** litt so schlimm an einer Durchfallkrankheit, daran sie unvermeidlich zum sicheren leidvollen Sterben verurteilt war. Viele im Heim realisierten das. Man sprach davon; und dass sie elendiglich eingehen werde. Aber mit einer grossen Gleichgültigkeit fragte sich niemand, wie man dieses Kätzchen von ihrem Dahiensiechen erlösen sollte.

Luc empfand ein starkes Mitleid zu diesem Kätzchen. Vom Hühnervater des Heimes wusste er, wie man Hühner, die für die Küche bestimmt wurden, schmerzlos und schnell tötet. Dies war stets dessen Aufgabe. Anschliessend mussten dann jeweils einige Zöglinge helfen die Hühner zu rupfen. Auch erlebten die Zöglinge, wie ein geköpftes Huhn in den ersten paar Sekunden danach noch davonspringt. Der Hühnervater belehrte dann die Zöglinge, dass das Tier dabei zwar schon klinisch tot sei, dass sich aber der Körper infolge der Nervenreaktion noch einen kurzen Moment weiter bewegt.

Nun gut, zur armen, kranken Katze.

Luc betrachtete es als eine gute Tat, das Tierchen von seinem Leiden zu erlösen.

Er holt das Büsi, überwindet sich und tötet es rasch und schmerzlos, so wie er es beim Hühnervater gesehen hatte. Nun ist das Büsi tot, sein Körper nur ein wertloser Gegestand. Nach Luc's Überlegung würde es sicher kein Verbrechen sein, wenn er sehen wollte, wie so ein Tierchen inwendig beschaffen ist.

Er öffnetee es soweit, dass er dessen Herz betrachten konnte. Analog, der ihm bekannten, ganz kurzzeitigen Nervenreaktion bewegte sich das Herz noch einige Sekunden. Luc war fest überzeugt, dass er mit der Erlösung des Kätzchens und seiner anschliessenden, unschädlichen und natürlichen Neugierde sicher nichts Böses getan hatte.

Jemand des Hauspersonals bemerkte Luc bei dieser Aktion und verschrieh ihn als brutalen, rohen Tierquäler.

Dabei zeigte sich, wie ein Junge einerseits aus der Handlungsweise von Erwachsenen, gegenüber Tieren lernt, dabei etwas denkt und im konkreten Falle eine Notsituation erkennt und entschlossen handelt.
Es zeigte Luc aber auch, wie das Hauspersonal mitleidlos wegschaut und ein krankes Tier ohne Hilfe langsam, schmerzgeplagt, verenden lässt. Es ist ein Zeichen der allgemeinen Mitleidlosigkeit vieler Mitglieder unserer Gesellschaft gegenüber Nöten anderer Geschöpfe Gottes, und so aber auch oft gegenüber Mitmenschen.

Es ist Winter, im 2. Jahr des 2. Weltkrieges. Neben der 1939 kriegsbedingt bereits eingeführten Lebensmittel-Rationierung werden Kohle, Heizöl und Benzin ebenfalls knapp und rationiert. Man baute Holzvergaser für den Autobetrieb. Die Schulen konnten nicht mehr den ganzen Winter über geheizt werden und mussten sogenannte längere **Winter-Heizferien** einführen.

Die Stadt organisierte für die Heimkinder ein grosses
altes Bauernhaus im Alpsteingebiet für entsprechend
lange Skiferien. Vormittags wurden unter den Zöglingen
die notwendigen Hausarbeiten aufgeteilt und
Nachmittags konnten sie mit dem Leiterpersonal und von
der Stadt ausgeliehenen Skiern eine Skiwanderung
machen oder sich am nahen Hang selbstständig im
Skifahren üben. Einen speziellen Skiunterricht hatten sie
nicht, jedes lernte nach seiner eigenen Façon und
Geschicklichkeit.
Ein einigermassen geeignetes Schuhwerk bastelten sie
sich durch Aufnageln von schmalen Lederriemchen an
die Absätze ihrer normal hohen Arbeitsschuhe.
Vor dem Abend mussten dann immer drei bis vier der
Burschen, mit Skiern und Rücksäcken ausgeüstet, die
zirka ½ Stunde in Anspruch nehmende Skitalfahrt unter
die Bretter nehmen, im Tal Lebensmittel holen und
damit, bei bereits eingetretener Dunkelheit, wieder auf
die Alp aufsteigen..

Im Winter 1940 wurde seine nun 4½-jährige Schwester
Eva krank. Sie unterlag einer überaus starken und
hartnäckigen Grippe. Nach überstandener Krankhait war
Eva derart geschwächt, dass sie zur Erholung in den
südlichen Freistaat von Helvetien, ins Kinderheim der
Wohnortsstadt geschickt wurde. Eines Tages erhielten
die Eltern die Nachricht, dass man Eva mit dem
Krankenauto sofort nach Hause ins Spital holen müsse.
Man habe Eva am Morgen, mit zerissenen Bettfessel-
bändern, bewusstlos auf dem Boden liegend gefunden. -

Warum, wurde erst ein paar Tage später klar.-
Denn als es der Eva wieder ein wenig besser ging durften
es die Eltern zur weiteren Pflege nach Hause nehmen.
Aber es war schwierig von Eva zu erfahren, wie es ihm in
diesem „Erholungsheim" ergangen war. Nach längerem,
liebevollen Eindringen hat es dann gestanden, dass ihm
im „Erholungsheim" strengtens verboten wurde, über
das, was sie erleben musste, zu erzählen. So hätte sie dort
zur Strafe ihr Erbrochenes wieder essen müssen. Einmal
machte der Heimverwalter mit allen Kindern, ob krank
oder gesund, eine zweitägige, strenge
Bergfusswanderung während der alle in einer Alphütte
im Stroh schlafen mussten. Bald war Eva zu erschöpft
um noch weiter bei dieser Tour mithalten zu können. Mit
der Erklärung, dass die Soldaten auch so weit laufen
müssten, wurde es zum weitermarschieren gezwungen.
In den Berichten der Heimleitung ins Elternhaus wurde
damals immer versichert, es gehe der Eva in der
Erholung gut. Nun kam es vor, dass Eva jeweils nachts
aufstand und nachtwandelte. Warscheinlich suchte Eva
zu Mutti, Papi und Luc zu kommen. Daraufhin hatte man
Eva über Nacht im Bett angebunden.
Die Untersuchung im Spital ergab, dass sich Eva durch
ihre eigens gewaltsam angestrengte Befreiung aus dem
Bett, einen schweren, nicht wieder gut zu machenden
Herzklappenfehler zugezogen hatte. Gleichzeitig hatte es
erkrankte Mandeldrüsen, welche aber erst nach
wesentlicher Besserung und vorheriger guter Erholung
hätten operiert werden können. So war Eva vorerst zur
weiteren Pflege zu Hause bei den Eltern.

An Weihnachten 1941 konnte Luc für ein paar Tage zu
Eltern und Schwester Eva in Seldwila.
Gegen Ende des späten Nachmittags zum
Weihnachtsabend realisierte Luc, dass Weihnachtsbaum-
Verkäufer beim Zusammenpacken noch übrige
Weihnachtsbäume hatten.
Von den vergangenen Jahren her wusste er, dass abends
spät manchmal noch Leute kamen, um noch schnell
einen Weihnachtsbaum zu finden. So nahm Luc
abziehenden Verkäufer die Bäume gratis ab, damit diese
sie nicht vergeblich nach Hause zurücknehmen mussten.
Und dann verkaufte Luc noch bis spät in den Abend
hinein Weihnachtsbäume und verdiente sich damit ein
kleines „Weihnachtsgeld".

Wie bereits schon berichtet spielte Luc, mit dem
gleichaltrigen Mädchen Karin oft und regelmässig, stets
mit den Handörgeli. Beide verstanden sich dabei sehr
gut. Dass sich damit inzwischen beim 15-jährigen Luc
ein tieferes Freundschaftgefühl entwickelte, wurde Luc
erst nach einem speziellen Vorfall bewusst.

Eins Tages kommt Luc unerwarteterweise dazu wie sich,
ein für ein Jahrespraktikum (Einjahres
Deutschaufenthalt), aus dem Grischun gekommener
Volontärbursche und Karin in einem normalerweise
unbeaufsichtigten Raum küssten. In der ganzen
folgenden Nacht raubten eifersüchtige Gefühle Luc's
Schlaf.
Er war, ohne dass er es realisierte, in Karin **verliebt.**

Luc wusste, dass dieser Volontär-Bursche, ein
schmächtiger, kleinerer Junge, jeweils zur Arbeit durch
den Kellergang gehen musste. Am folgenden Morgen
lauerte ihm Luc dort auf. Dann schletzte er, seine
Eifesucht auszulassen, den sich selbst nicht wehren
könnenden Burschen zwischen den Kellergangwänden
hin und her. Interessanterweise hält sich Luc dabei
zurück ihn irgendwie zu schlagen oder zu verletzen.
Der Volontärbursche stand aber eine schreckliche Angst
aus, was Luc dann genügte. Seit diesem Vorfall meidet
Karin Luc. Das gemeinsame Musizieren fand ein Ende.

Für Luc, der seit dem Religions-Klassenwechsel vor fünf
Jahren nur noch den evangelischen Religionsunterricht
besuchte, nahte der Zeitpunkt der Konfirmation. Im
vorhergegangenen Konfirmanden-Unterricht haben die
Bibelgeschichten und vor allem das neue Testament Luc
ganz besonders interessiert. Der Pfarrer diskutierte viel
mit den Konfirmanden über die Evangelien, deren Sinn
und Inhalt. Luc, ein ganz speziell aufmerksamer Schüler,
äusserte sich dabei im Unterricht, oft auch über seine
eigenen Intuitionen dazu. Das war sich der Pfarrer im
allgemeinen von Konfirmanden nicht gewohnt.
Anlässlich der am Ende des vorbereitenden Unterrichts
erfolgten Konfirmation teilt der Pfarrer Luc mit, er
möchte ihn nach der Kirche noch einmal sehen. Der
kirchliche Gottesdienst war beendet, die Konfirmation
abgeschlossen. Luc suchte vor der Kirche seine Mutter
auf und vergass darob die letzten Worte des Pfarrer
betreffend dem nochmaligen Kontakt mit ihm.

In der folgenden Woche erinnerte sich Luc wieder der
letzten Worte des Pfarrers und meldete sich bei ihm. Der
Pfarrer nahm nochmals Bezug auf sein intensives
Religionsinteresse und Mitmachens und meinte, er hätte
ihn fragen wollen, ob er nicht hätte Pfarrer werden
wollen. Aber inzwischen hätte sich dies erledigt.
Für den Fall, dass sich der Pfarrer deshalb nach der
Konfirmation, telefonisch im städtischen Heim erkundigt
hätte, konnte sich Luc vorstellen, was für eine negativ
beurteilende Meinung er dort über Luc erhielte.

Wieder war es Winterszeit. Der Heimverwalter zog mit
allen Heimkinder wieder ins Skilager im Alpsteingebiet.
Innerhalb dieser Skiferien starb Luc's **Schwester Eva** im
Alter von 6½ Jahren. Sie hatte die schwere Herzkrankheit
nicht überstanden. Für Luc war dies ein harter Schlag.
Er musste auf dem kürzesten Weg nach Seldwila fahren
können. Das ganze Ferienlagerhaus empfand die traurige
Nachricht, die Luc erlebte. Gemeinsam fuhren sie alle
per Ski, geführt vom Heimpersonal, mit Luc ins Tal zur
nächsten Zugstation. Auf dieser Talfahrt weinte Luc
unaufhörlich, konzentrierte sich nicht mehr genügend bei
der Abfahrt und stürzte so einige Male. Dies war für ihn
narürlich alles andere als trostreich. Zum Glück ist ihm
bei diesen Stürzen nichts Ernsthaftes passiert.
Sein Weinen war für Luc wie Balsam für seine Seele.
Denn seit der Säbel-Kopfabhauendrohung, der Ledergurt-
Geisselung und dem Glatzescheeren seinerzeit durch den
Heimleiter, konnte Luc nie mehr weinen. Seine Seele
hatte sich dagegen wie versteinert.

Es war nicht das erste Mal, dass Luc mit dem Geschehnis des Sterbens konfrontiertwar. Aber nun, wo er seine Schwester verlor, machte er sich viel Gedanken darüber. Wo war nun seine Schwester ? Was bedeutet Sterben ?

Er erinnerte sich auch an seine wahr gewordenen Träume, welche von einer überirdischen, unsichtbaren Welt, mit geistig voraussehenden Wesen, zeugten, und an den Erhalt seiner tief beeindruckenden und beglückenden Traumbotschaft über die seelische Unsterblichkeit. Diese Erkenntnisse, mit dem Glauben, dass es seiner Schwester sicher nun sehr gut geht, trösteten ihn dann im Laufe der folgenden Zeit.

Später erfuhr Luc dann noch, dass der Heimverwalter des „Erholungsheimes" im südlichen Freistaat Helvetiens wegen unmenschlichem Verhalten gegen weitere, andere Kinder im Heim, sowie auch der Unterschlagung von Pflegegeldern, und gar der für die Kinder von Eltern zugesandten Taschengeldern, ins Gefängnis musste. Wo lag da die notwendige periodische Kontrolle, mit angepasstem Pflichtgefühl, der verantwortlichen städtischen Verwaltungsbehörde von Seldwila ?

In diesem Zusammenhang erinnerte sich Luc auch eines Skandal-Berichtes über das Waisenhaus dieser Stadt, das darin als „Schattenhaus" betitelt wurde. In der Hauptsache gab es Probleme, weil Knaben und Mädchen nachts stets unbemerkt zueinander ins Schlafzimmer gehen konnten.

Auch hier unterliess man eine altersmässig angebrachte Aufklärung über Sexualität und Liebe. Anstatt dessen kam es oft vor, dass der Waisenvater den Kindern Witze erzählte, deren Inhalt die berichtende Zeitschrift nicht abzudrucken wagte. Ein Umstand, mit dem man sich nicht wundern musste, wenn Jugendliche auf dumme Gedanken kamen. Auch in diesem Falle ging es lange, bis die Behörden die Situation erkannten. Man fragt sich dann: Steht ein Waisenvater in einer von der Stadt beauftragten Aufgabe keiner gelegentlichen Kontrolle der zuständigen Behörde ?
So werden Entwicklungsentgleisungen und falsche Lebensvorstellungen bei Jugendlichen verursacht, die oft teilweise nur noch schwer, oder gar nicht mehr zu korrigieren sind.

Ein falsch angekommener, eigentlich weder bös noch beleidigend gedachter **Schülerspass** gegenüber dem Haupt-Klassenlehrer, leitete einen sehr bald darnach resultierenden grossen Entwicklungswechsel Luc's ein. Es nahten die Weihnachten und damit bald die Weihnachtsferien.

Luc und ein Schulkamerad wussten, dass ihr Hauptlehrer gerne Stumpen rauchte und kannten seine Lieblings-Stumpenmarke. Andererseits erinnerten sie sich an einen seiner Sprüche, nämlich, dass es viele Leute gäbe, welche froh sein würden, sie hätten genug Kartoffeln zu Hause. Diese beiden Kriterien inspirierten Luc und sein Klassenkamerad zu einem speziellen Spass.

Im Keller des Schulkameraden holten sie Kartoffeln, wuschen sie säuberlich und wickelten jede einzeln in ein schönes Weihnachtskrepp-Papier. Diese packten sie schön geordnet in eine mit Weihnachtspapier ausgelegte Schuhschachtel. Dazu gekaufte Stumpen der Lieblingsmarke des Lehrers steckten sie dann einzeln zwischen die eingelegten Kartoffeln und kreierten mit Weihnachtspapier ein schönes Packet. Vor dem Stundenbeginn des letzten Schultag vor den Weihnachtsferien legten sie dieses Weihnachtsgeschenk dem Lehrer auf das Pult. Der anschliessend im Schulzimmer erschienene Lehrer freute sich über das nette Päckchen und sagte, er würde dieses zu Hause unter den Christbaum legen und erst am Weihnachtstage öffnen. Naiv realisierten Luc und sein Klassenkamerad noch nicht, was das für eine schockierende Auswirkung auslösen könnte. Doch anlässlich des Schulbeginns nach den Festtagsferien mussten sie erfahren, wie ungeschickt sich dieser unbedachte Spass auf die Weihnachtsfeier der Lehrerfamilie ausgewirkt hatte. Der Lehrer kommt bei Stundenbeginn vorerst nicht ins Schulzimmer, geht ziemlich nervös im Schulhausgang hin und her. Man konnte nichts Gutes ahnen. Dann endlich, nach zirka ½ Stunde erschien der Lehrer im Schulzimmer. Dann schilderte er der Klasse, wie man ihm und seiner Familie das Weihnachtsfest gründlich verdorben hätte. So etwas wäre ihnen bis anhin noch nie passiert. Dann wollte er wissen, wer ihm das Päckchen auf das Pult gelegt hätte. Zuerst schwiegen alle erschrocken, dann zeigten einige auf Luc.

Luc gestand, dass er zusammen mit dem Klassenkameraden Bruno dies als Spass gedacht hätte.
Der Lehrer blickte Luc sichtlich hassbewegt an, sagte
kein Wort mehr. Bruno behelligte er offensichtlich mit
keiner vorwurfsvollen Geste; er war der Sohn einer
angesehenen Familie der Stadt. Der Zögling des Heimes
war nun allein als Schuldiger vermerkt.

Bald kam die Fasnachtszeit. Da gab es allerlei Scherz-
und Knallartikel. Ein Schulkamerad brachte **Jux-
Zigaretten** in die Schule. Wenn man diese anzündete
verknallten sie kurz darnach. Dieser Schulkamerad will
dazu motivieren das doch einmal auszutesten. Niemand
traut sich. Dies, weil es streng verboten war in der Schule
zu rauchen.
Luc überlegt und meint, einerseits sei dies doch nicht mit
richtigem Rauchen anzusehen, sondern nur ein kleiner
Jux. Und wenn man dies sogar noch am offenen Fenster
mache, eine harmloser Spass und sicher nicht verboten.
So erklärt sich Luc dazu bereit am geöffneten Fenster.
Die Zigarette kaum angezündet kommt der Klassenlehrer
ins Zimmer und sieht das. Nun kam die Rache des
Lehrers. Er fragte nicht, warum und was dies zu bedeuten
hätte, und beorderte Luc mit der Begründung unerlaubten
Rauchens in der Schule sofort vor den Schulhausrektor.
Der Schulhausrektor seinerseits nahm sich ebenfalls
nicht die geringste Mühe einer Abklärung über Umstand
und Motiv dieses Zigarettenvorfalles. Und Luc wurde,
ohne dass man ihn zu Wort kommen liess, mit zwei
sogenannten scharfen Arresten bestraft.

Das bedeutete zwei Stunden Arrest mit einer speziellen
Strafaufgabe, sowie einem entsprechend schriftlichen
Eintrag in das Abschlusszeugnis des kommenden Endes
der Sekundarschulzeit Im Heim fragt auch der
Heimverwalter nicht nach den Umständen, und
unternimmt keinerlei Rücksprache mit der Schule.
Ein Schuldspruch gegenüber einem Zögling des
städtischen Heimes war unanfechtbar !

Statt dessen nahm der Heimverwalter Luc ab sofort, also
vor dem Frühlings-Schuljahresende aus der Schule.
Damit vermied er wenigstens die Erstellung des
angekündigten, schädlichen Zeugniseintrages im letzten
Semesterzeugnis. Sein Motiv: Mit einem solchen Zeugnis
hätte er persönlich mehr Mühe gehabt für Luc eine
Lehrstelle zu finden Aber so konnte er dies vermeiden..
Damit endete Luc's Volksschulzeit während der
Fasnachtszeit, vorzeitig nach 2 ¾ Jahren Sekundarschule,
also kurz vor Abschluss dessen 3. Jahres.

Die Fasnachtszeiten hatten es bis jetzt nicht gut gemeint
mit Luc. Erinnern wir uns zum Beispiel auch an dessen
unangenehme Fasnachts-Erfahrung, die Luc schon vor 12
½ Jahren, als 3 ½.- jähriger Bub auf dem Bauerhof
machen musste.

Für Luc wurde jetzt eine Lehrstelle gesucht. Dazu konnte
er für ein psychotechnisches Gutachten zum städtischen
Berufsberater gehen. Dieses ergab, eine Eignung Luc's
zu einer handwerklichen Tätigkeit in der Holzbranche.

Luc hatte bis anhin mit Vorliebe viel mit Holzmaterialien gebastelt. Nun suchte man für ihn eine Lehrstelle bei einem Schreiner. In der Stadt gab es eine alte, kleine, private Möbelschreinerei , die gerade einen Lehrplatz frei hatte.

Und dort konnte Luc eine Lehrzeit.beginnen.
Mit seinen allgemeinen Fähigkeiten und schulischem Ausbildungniveau standen seine Chancen für eine erfolgreiche Lehre und eventuell späteren Weiterbildungen recht gut. Ein Handikap für ein später kommendes, notwendig selbstständiges Erwerbsleben war seine ausgeprägte Sensibilität, und das grosse, an Angst grenzende Misstrauen gegenüber jeglicher Autorität.
Dies hatte sich innerhalb seiner nicht gerade glücklichen Jugendzeit, mit den vielen enttäuschenden Erfahrungen mit fast allen ihm jeweils vorstehenden Personen aufgebaut und tief in seinem Gemüt verankert.

In seiner nun angefangenen Lehre führte nun genau seine Sensibilität zum Problem.
Der Schreinermeister, ein schon alter, längst pensionsreifer, aber immer noch selbstständiger Berufsmann, war nach konservativem Muster sehr streng. Sein Ton war stets militärisch und kurz angebunden. Wenn Luc etwas nicht auf Anhieb gelang, wurde er ausgescholten. Luc hatte Angst vor diesem alten, stets unwirrschen Meister. Das war sehr zum Nachteil des zu gemütsempfindlichen Lehrlings.

Am deutlichsten wirkte sich das aus, als Luc lernen sollte ein Brett, als Lehrstück, mit dem notwendigen Feingefühl, so geade zu hobeln, dass auch die Brettecken absolut eben waren. Leider fehlte ihm die dazu notwendige, innere Ruhe. Eine Erfüllung dieser Aufgabe gelang ihm selbst über mehrere Tage nicht und der Meister wurde immer ungehaltener.

Seit Luc diese Lehre begann waren nun inzwischen fast 3 Monate vergangen. Nach einer neuen Schelte des Meisters meinte dieser zu Luc, er denke Luc wäre nicht geeignet für den Schreinerberuf. Luc völlig verzweifelt, ging dann anschliessend selbst zum Meister und erklärte, es könne wohl richtig sein was er sage. Der Meister erwiderte sofort, es sei gut, dass er das selber einsehe und schickte ihn nach Hause.

Im Heim ging Luc sofort zum Heimverwalter und orientierte ihn über den Vorfall. Dieser hatte aber kein Verständnis fü Luc's Not, nahm nicht einmal, zuhanden einer genauen Abklärung der Situation, Rücksprache mit dem Schreinermeister, überlegte nicht im Geringsten, wo dessen Ursache liegen könnte. Die einzige Antwort des Heimverwalters war eine klatschende Ohrfeige.
Dabei hätte es in die Zuständigkeit, Aufgabe und Verantwortung des Heimverwalters gehört, mit dem Schreinermeister abzuklären, was für stichhaltige, gerechtfertigte Gründe dies berechtigen sollen. Auch hätte man die Zulässigkeit eine solchen Entscheides abklären müssen.

Das Problem wäre sicher auf andere Weise zu lösen gewesen, wenn Heimverwalter und Schreinermeister nach gemeinsamer Besprechung die momentan zu grosse Sensibilität Luc's erkannt, und Luc entsprechend geholfen hätten. Der Heimverwalter befahl Luc jedoch, nun mit seinen Schulunterlagen selbst auf die Suche nach einer neuen Schreiner-Lehrstelle zu gehen.
Luc versuchte dies, mit Hilfe der Telefonadressen von vorhanden Schreinerbetrieben, in der Stadt.
Leider waren zu diesem Zeitpunkt, dem bereits begonnen neuen Semesters in Schulen und Lehrstellen, schon alle möglichen Lehrstellen vergeben.

Luc erwacht zum selbstständigen Handeln

Diese Notsituation löste nun bei Luc, jetzt in seinem 17.Altersjahr, entgegen der Führung durch die Heimverwaltung und unabhängig von irgendwelchen gesellschaftlichen Autoritäten, den Willen zu eigenem Handeln aus. Er nahm nun seinen weiteren Lebensweg und sein weiteres Schicksal selbst in die Hand.

Mit dem Anliegen das städtische Heim zu verlassen, und nach Seldwila kommen zu können, telefonierte er mit seiner Mutter. Sie begrüsste das und nahm Kontakt mit dem Heimverwalter auf. Dieser orientierte das zuständige städtische Amt und dem Austritt von Luc aus dem Heim wurde entsprochen. Luc packte seine „Sieben Sachen" zusammen, ging auf das städtische Bürgeramt, wo er seine Schriften und die SBB-Fahrkarte erhielt.

Zu Hause in Seldwila angekommen äusserte sich Luc's
Mutter über das „Wie weiter", speziell betreffend
Lehrstellen-Möglichkeiten. Sie meinte, dass es, mitten im
Jahr schwierig sei, eine Lehrstelle zu finden. Und da man
vorerst auch noch Kleider für Luc zu kaufen hätte,
müsste man zuerst noch etwas Geld verdienen.

Mutter fand in der Zeitung ein Inserat einer
nahegelegenen Metzgerei, die einen Ausläufer suchten.
Dort ging man hin um Luc dafür vorzustellen.
Und es wurde vereinbart, dass Luc anfangs folgender
Woche dort beginnen sollte. Luc ist gar nicht glücklich
über dieses Abkommen, um so mehr auch deshalb, da es
ihm widerstand für eine Metzgerei, einen Tierschlacht-
Verkaufsladen, zu arbeiten.

Kurz entschlossen besorgte sich Luc die städtische
Tageszeitung und studierte die Stellenangebote. Er war
nicht wenig erstaunt, trotz der Lehrbeginns- Unzeit, ein
Inserat zu finden mit einem Zeichner-Lehrstellen-
Angebot in einer Aufzügefabrik. Luc überlegte nicht
lange, packte seine technischen Zeichnungen der Schule,
sein Schulzeugnis zusammen und fuhr direkt, ohne
Anmeldung und ohne Rücksprache mit Mutter, per Tram
zu dieser Fabrik und meldete sich dort. Der
Geschäftsleiter und Inhaber der Fabrik empfing ihn dort
persönlich.
Auf Grund des positiven Eindruckes, den er von Luc und
seiner Zielstrebigkeit bekam, war dieser bereit ihn als
Maschinenzeichner-Lehrling einzustellen.

Zurück zu Hause erzählte er dies seiner Mutter, mit der Feststellung, dass er nun entgegen ihrer Meinung betreffend momentaner Lehrbeginns-Unzeit, diese Lehrstelle gefunden hätte und sofort eintreten könne. Da Mutters Argumentation nicht zutraf, gab es ihrerseits kein Veto dagegen. So begann Luc am folgenden Wocheanfang mit dieser Lehre. Sie mussten jetzt nur noch den Metzger benachrichtigen, dass Luc die Ausläuferstelle nicht antreten könne; was aber keine Schwierigkeiten brachte.

Anfangs war Luc für das Arbeiten im technischen Büro noch nicht ausgerüstet. Er hatte weder Reisszeug noch eine Zeichner-Arbeitsschürze. Vom Geschäftsleiter erhielt er leihweise ein Reisszeug. Sein Pflegepapa gab ihm, als Ersatz für eine Zeichnerschürze, eine von seiner früheren Tätigkeit als Kellner herrührende, weisse kurze Kellnerjacke.

Vom dem im Laufe der folgenden Monate ersparten Lehrlingslohn kaufte sich Luc dann nach und nach die für das technische und geometrische Zeichnen notwendigen Reissfedern, Zirkel und Zeichengeräte, bis zum einem vollständigen Reisszeug.
Die Tätigkeit als Zeichnerlehrling gefiel Luc. Auch besass er gute Fähigkeiten für technisches und logisches Denken.
Dies zeigte sich eigentlich schon während seiner Sekundarschulzeit in den Schulfächern Technisches Zeichnen, Geometrie und Algebra.

Obwohl Luc zu Beginn der Sekundarschulzeit in diesen
technischen Fächern etwas Mühe hatte, waren sie für ihn
bald seine beliebtesten und erfolgreichsten Disziplinen.
Ein klares Zeugnis dazu erfuhr Luc auch damals, als der
Fachlehrer für Algebra wegen Militärdienst abwesend
war, und ein älterer Aushilfslehrer kurzzeitig einspringen
musste. Zum Ende dessen Aushilfezeit machte dieser
mit den Schülern eine mündliche Algebra-Prüfung.
Einem nach dem andern der Schüler stellte er eine auf
die Wandtafel skizzierte Aufgabe. Einige in der Nähe
von Luc sitzende Schulkameraden hatten mit den
gestellten Aufgaben ziemlich Mühe.

Dieser Aushilslehrer war altershalber etwas schwerhörig
und Luc flüsterte so diesen Kameraden laufend die
richtigen Lösungen zu.

Am Schluss dieser **Algebra-Stunde** musste Luc
realisieren, dass in der hintersten Schulbankreihe,
unauffällig ihr offizieller Lehrer, urlaubshalber in
Militäruniform, gesessen hatte und alles mitverfolgen
konnte.

Später, als ihr Lehrer wieder zurück war vom
Militärdienst, nahm dieser Luc vor, wies ihn deswegen
zurecht, sah aber von einer Strafe hiefür ab. Andererseits
gab er seinem Erstaunen Ausdruck, wie gut Luc plötzlich
im Fach Algebra geworden sei.

Derselbe Lehrer begleitete vor einem Jahr, Luc und einen
andern Zögling des Heimes ein kurzes Stück Weg nach
Hause. Dieser Heimkamerad war Sohn des damaligen
helvetienschen Botschafters in Griechenland, der im
Interesse eines heimatlichen Schulunterrichtes, seinen
Sohn für kurze Zeit ins städtische Bürgerortheim brachte.
Auf diesem Heimweg versuchte der Lehrer diesen
Mitschulkameraden Luc's zu motivieren, sich in der
Schule etwas mehr anzustrengen. Auch äusserte er
Bedenken darüber, ob sich dieser Mitschüler in
schwierigen Situationen des späteren, praktischen Leben
behaupten könne. Dabei verglich er mit Luc, der auch in
schwierigen Lebenssituationen immer wieder aufstehen
und den Weg finden könne.

Solche Beispiele zeigen, dass Kinder aus sogenannt
geordneten und begüterten Familien, oft zu sehr
verwöhnt, und nie eigens sehr gefordert, schwach
gerüstet sind gegen später auftretende Lebensprobleme.

Neben all den vielen, nicht erfreulichen Erfahrungen
Luc's in seiner bisherigen Jugendzeit, in den alles andere
als geordneten und familienfreundlichen Verhältnissen,
hatte Luc eine gesunde und lebenshelfende Entwicklung
gemacht, und nun eine erstaunliche **Selbstständigkeit**
erreicht. Einerseits war dies eine positive Entwicklung,
unangenehme Schwierigkeiten zu ertragen und aktiv,
optimale Wege zu suchen. Andererseits war sich Luc auf
Grund seiner religiösen Erkenntnisse bewusst, dass er
gute Führer- und Schutzengel haben durfte.

Albert trank nicht wenig Wein und hatte auch
entsprechende Trinkkollegen. Manchmal spielten sie um
Geld, was offiziell verboten war. Deshalb praktizierten
sie es dann in ihren Privatwohnungen. So auch einmal in
Nadjas und Alberts Wohnung. Nadja litt darunter, denn
finanziell standen sie nicht rosig da. Luc konnte dies
nicht anstehen lassen und rief der nahen Polizei. Diese
löste die Geldspielergruppe auf, verwarnte alle und
schickte Albert's Spielkumpanen nach Hause. In Albert's
Wohnung kam dies dann nie mehr vor.
Pflegepapa war Luc deswegen nicht böse, er hatte das
notwendige Gerechtigkeitsempfinden und war sich dieser
ungeschickten Praxis schon bewusst.

Einige Tage später erinnerte sich Luc seines ehemaligen
Wunsches, sportlich in einem **Schwimmclub** mitmachen
zu können. Es war dies vor drei Jahren, als man ihm dies
im städtischen Bürgerortsheim nicht bewilligte. Niemand
verweigerte ihm nun dies. Er meldete sich beim
Schwimmclub Seldwila und ging regelmässig ins
Clubtraining. Hie und da konnte er sich mit dem Club
auch an Schwimmwettkämpfen beteiligen.
So auch einmal in einem der drei Weihern seiner
Heimatstadt, wo er einst selbst das Schwimmen erlernte,
und anlässlich des seinerzeitigen
Vorunterrichtswettkampfes so gut geschwommen war.

Luc hatte seinen **Grossvater mütterlicherseits** bis jetzt noch nie gesehen. Von der Mutter erfuhr er, dass der nun 66-jährige Grossvater in Reiken wohne. Luc wünschte seinen Grossvater einmal zu sehen und fuhr nach Reiken. Dort fand er ihn in einer überaus alten Stadtwohnung, einfachst und armenbedürftig eingerichtet.

In seiner jugendlichen Naivität fragte er den Grossvater, ob er mit ihm das Stadttheater Reiken's besuchen könne. Dieses Anliegen brachte Grossvater offenbar in eine unangenehme Verlegenheit. Offensichtlich mit Mühe erklärte er, dass er leider finanziell, nicht in der Lage sei diesen Wunsch zu erfüllen. So gingen sie zu einem Spaziergang in die Stadt und anschliessend fuhr Luc wieder nach Hause in Seldwila.

Erst später erfuhr er von einer Tante mütterlicherseits, dass der Grossvater in Reiken armengenössig war. Auch erfuhr er, dass Grossvater seine Töchter um finanzielle Hilfe gebeten hatte, dem die Töchter aber nicht entsprechen wollten.

Der Grund dazu war offenbar die Tatsache, dass Grossvater 21 Jahre zuvor die Familie verliess. So realisierte Luc erst später, dass er seinem Grossvater damals, mit seinem Wunsch zum Stadttheater, naiv, unwissend und ungewollt weh getan haben musste. Einerseits kann man diese Haltung seiner Töchter teilweise verstehen. Doch war das trotzdem nicht der richtige Weg. Gerade in solchen Fragen muss man einerseits verzeihen können und als Kinder und Familienmitglied Hilfe bieten.

In solchen Beziehungen zeigen jüdische Familien zueinander oft bessere Vorbilder. Warum sollten das die sogenannten christlichen Kreise nicht auch können? Mit ihrem Familienvater haben diese Töchter doch, je nach Alter, 6 bis 19 Jahre, gemeinsam als Familie zusammengelebt. Er hatte unverschuldeterweise, durch gutgläubige Bürgschaft, seine damalige selbsständige Berufsexistenz in der innerhelvetiens grössten Stadt verloren, und sich anschliessend trotzdem immer wieder stets für den Unterhalt der Familie bemüht. Und was alles Ungeschriebenes zum Auseinanderleben von Opa und Oma noch beigetragen haben mochte, kann nicht beurteilt werden. Solches haben sich seine Töchter offenbar auch nie genauer überlegt. Vom wahren, christlichen Standpunkt aus hätten sie ihm wenigstens zum Allernotwendigsten helfen dürfen.

Mindestens zweien dieser Töchter wäre es möglich gewesen den Vater, zeitweise, freiwillig finanziell, etwas zu unterstützen.
Die jüngste Tochter ging schon kurz nach Schulabschluss ins Ausland, konnte wegen des zweiten Weltkrieges nicht mehr zurück, heiratete dort, hatte dann Schwierigkeiten in der Ehe und anschliessend allein für ihre vier Kinder zu sorgen (*see the Book „Dorothea"* **ISBN 0-9545304-0-3)**. Von der ältesten Tochter Nadja kennen wir die traurige Geschichte von Scheidung, Arbeitslosigkeit und Geschäftsbankrott mit gerichtlicher Verurteilung und Verschuldung.

Hingegen die zweitälteste Tochter, dessen Mann eine gute Staatsstelle innehatte, und die zweijüngste, welche mit ihrem Manne selbstständig erwerbend war, hätten helfen können.

In seiner Zeichnerlehrstelle, bei der durch eine Familien-AG geführten Aufzügefabrik, machte Luc betreffend Arbeitseinsätzen der Lehrlinge, leider nicht die besten, das geltende Arbeitsgesetz verletzende Erfahrungen. An Samstagen, wenn Fabrikbelegschaft und Büropersonal nicht arbeiteten, mussten Werkstattlehrlinge und der Zeichnerlehrling die **Werkstatt putzen.** Werkstattboden von Eisenspänen, Oel und anderem Schmutz säubern. Für die Lehrlinge gab es erst Feierabend, wenn diese Reinigung in Ordnung war, unabhängig wie spät es dabei wurde.
Von seinen Gewerbeschulkameraden wusste Luc, dass solche Putz-Arbeitsaufträge an die Lehrlinge nur beschränkt und nicht ausserhalb der ordentlichen Fabrik-Arbeitszeiten gestattet waren. Obschon Luc nicht begeistert war über diese Geschäftspraktiken, fügte er sich anfänglich schweigend. Dies umso mehr, weil es ihm bei dem für seine Ausbildung zuständigen jungen Techniker gut gefiel, und er diese Lehrstelle nicht so schnell verlieren wollte.

Ein unerwarteter Vorfall führte nach 16-monatiger Lehrzeit in dieser Firma zu einer für Luc abrupten, schlussendlich aber glücklichen, verbessernden Änderung für seine Zeichnerlehre.

Es kam der **1.Mai**, der Tag der Arbeit. Luc ging normal, wie üblich ins Geschäft. Dort stellte er fest, dass in der Werkstatt niemand arbeitete. Der junge Techniker orientierte dann Luc, dass der 1.Mai ein Tag der Arbeit, ein Feiertag der Arbeiter ist. Schon weil Luc jeweils zusammen mit den Fabriklehrlingen regelmässig die Werkstatt putzte, fühlte er sich solidarisch zu den Werkstattarbeitern. Damit fragte er sich, warum müsste er denn zur Arbeit gehen, wenn die ganze Fabrikbelegschaft ihren Feiertag feierten. Mit Einverständnis des Technikers verliess Luc das Büro wieder, um nach Hause zu gehen.

Auf der Strasse zum Geschäft begegnete ihm der Geschäftsinhaber, der ihn zur Rede stellte, was er da tue. Luc antwortete ihm, dass er vernommen hätte, dass jetzt der Tag der Arbeit sei, er sich auch dazu zähle und deshalb auf dem Weg nach Hause sei.
Der Prinzipal ragierte darüber enorm verärgert und schimpfte wie aus der Kanone geschossen. Dann wies er Luc an, er brauche ab sofort überhaupt gar nicht mehr zur Fortführung seiner Lehre ins Geschäft zu kommen.

Zu Hause orientiert Luc seine Eltern. Sie akzeptierten Luc's Verhalten. Anderntags ging Luc auf das **Städtische Jugendamt** und meldete dort den Vorfall und das Ende des dortigen Lehrverhältnisses. Man hörte Luc aufmerksam an, und Luc bekam den Eindruck, dass man dort mit der Lehrlingspraxis dieser Firma schon seit einiger Zeit nicht einverstanden war.

Der zuständige Lehrlingsamtsbeamte griff dann gleich
zum Telefon, und sprach mit der Personalabteilung der
damaligen Maschinenfabrik MFO, ob Luc bei ihnen die
Zeichnerlehre fortsetzen könne. Luc wurde eingeladen
sich dazu am folgenden Tag beim Personalbüro der
Maschinenfabrik MFO zu melden. Dort erhielt Luc einen
neuen Lehrvertrag als **Apparate- und Elektrozeichner**,
in welchem ihm von seiner bisherigen 16-monatigen
Lehrzeit ein Jahr angerechnet wurde.

Anlässlich der Besprechung beim Jugendamt kam auch
die momentane Situation bei Mutter und Pflegepapa zur
Sprache. Es war kein geregelter Haushalt. Oft beschaffte
sich Luc selbst Lebensmittel. Auch ging Pflegepapa oft
ins Wirtshaus, so dass ein normales Familienleben
darunter litt. Das Jugendamt veranlasste parallel zur
Lehrstellenlösung, dass Luc für seine weitere Lehrzeit ins
städtische Lehrlingsheim, das sich nicht weit von zu
Hause befand, einziehen konnte. Nach entsprechender
Besprechung mit Luc's Mutter war diese mit der neuen
Lösung auch einverstanden.

Im **Lehrlingsheim** halfen die Lehrlinge zur teilweisen
Kostendeckung, indem sie einerseits ausser einem
Taschengeld den Lehrlingslohn abgaben und andererseits
bei diversen Hausarbeiten mithalfen. Die Lehrlinge
hielten zum Teil ihre Zimmer selbst in Ordnung und
arbeiteten im Garten und machmal auch in der Küche
mit.

Mit dem Weggang aus dem städtischen Heim seines Bürgerortes vor 16 Monaten konnte nun für Luc, auf Grund seiner Eigenständigkeit, eine gute, **erfolgsversprechende Berufslehrzeit** in einem gesunden Wohnklima erreicht werden. Im Lehrlingsheim gab es neben den Mehrbettenzimmern auch zwei kleinere Zimmer. Diese stellte die Heimleitung solchen Lehrlingen zur Verfügung, deren Lehrinhalt Lernziele mit speziell technisch-theoretischen oder fremdsprachlichen Lehraufgaben enthielten. Dort hatten sie dann auch die notwendige Ruhe für ihre Hausaufgaben und Studien. Ein solches Kleinzimmer erhielt, zusammen mit einem anderen Zeichnerlehrlings-Kameraden, auch Luc .

„In jedem aufgeräumten Zimmer
ist auch die Seele aufgräumt !

Luc's Bestrebungen für ein
körperlich und seelisch gesundes Leben

Seit bereits einem Jahr hatte Luc stets hartnäckige **Magen-Darm-Probleme.** Dauernd litt er unter Verstopfung. Medikamentöse Behandlungen durch den Arzt halfen immer nur kurzzeitig.
Auch ein Erholungsurlaub im Jugend-Erholungsheim in den Alpen half nur momentan. Nach Rückkehr aus dem Erholungsheim stellten sich diese Probleme wieder ein. Was soll denn jetzt helfen, wenn Arzt und Erholungstherapie nichts fruchteten. Das intensivierte Luc wieder einmal zu einer möglichen Selbsthife.

Dabei hoffte er mit einer grundlegenden Änderung seines Speisezettels eine Besserung zu erreichen. So konsultierte er ein Reformhaus, wo er Hinweise über gesundheits-fördernde Lebensmittel erhielt. Dort kaufte er sich entsprechende Literatur über neuzeitliche Ernährung, ihre Gründe und Erfahrungen. Als erste Konsequenz aus diesen Studien entschloss sich Luc zum **Vegetarismus.** Dies nicht allein aus rein gesundheitlichen, sondern auch aus ethischen Gründen. Nach seiner dabei gewonnenen Überzeugung ist die Tierschlachtung grossenteils ein unmoralischer Weg der Gesellschaft zur Nahrungsbeschaffung; und für eine gesunde und genügende Ernährung des Menschen nicht notwendig. Dies beweisen auch die vielen pflanzenfressenden, zum Teil auch sehr grossen starken Tiere. Auch bewirkt die Selbstverständlichkeit der **Tierschlachtung** eine **Verrohung des Menschen.**

Im Lehrlingsheim wurde Luc anfänglich von seinen Heimkameraden wegen seinem vegetarischen Ernährungsverhalten arg bespöttelt und laufend mit Fragereien zu Rechtfertigungen genötigt. Irgendwann hatte er sich aber sicher genug erklärt, und die Lehrlings-Heimmutter mahnte die Kameraden Luc nun endlich in Ruhe zu lassen und nimmt so Luc in Schutz So hatte sich Luc durchgesetzt; und endlich akzeptierte man seine andere Denkweise.
Wohl wurde Luc wegen seinem Ernährungsverhalten nicht mehr behelligt. Aber, wenn auch stillschweigend nahmen ihn seine Kameraden nicht ganz voll.

Dies änderte sich hingegen schlagartig nach einem, bald darnach, vorgekommenen Ereignis. Jedes Jahr führte die Stadt Seldwila einen **Jugendgruppen-Wettkampf** durch, an dem sich diverse ausserschulische, nicht von Sportvereinen organisierte Jugendgruppen, wie zum Beispiel der CVJM (christlicher Verein junger Männer) beteiligen konnten. Natürlich waren dabei auch Jugendliche, welche nebenbei, unabhängig, auch noch in irgendwelchen Sportvereinen aktiv waren.

Diese Wettkämpfe enthielten verschiedene Disziplinen wie Handball, Streckenlauf, Seilziehen und auch eine Art Mannschaftsmarathon-Stafette bestehend aus Velofahren, Langstreckenlauf, Schwimmen und Kurzstreckenlauf.

Die Jungen des Lehrlingsheimes meldeten auch eine Mannschaft. Die Stafette wurde beim Storchensee durchgeführt. Für die zweitletzte Etappe der Stafette, eine **zirka 1 km lange Schwimmstrecke** war Luc, als geübter Schwimmer, bereit, sich in ihrer Gruppe einzusetzen. Im ganzen beteiligten sich zirka 30 Mannschaften. Mit Spannung erwartete Luc dabei am Schwimmstartufer auf die Stafettenbändel-Übergabe ihres Langstreckenläufers. Inzwischen vernahm Luc von Kameraden die unerfreuliche Information, dass sich ihre Mannschaft im Moment in den hintersten Positionen befand. Mit Spannung erwartete Luc das Erscheinen ihres Läufers. Die Schwimmer von fast allen Mannschaften waren schon beim Schwimmen, als endlich ihr Langstreckenläufer heranpustete und Luc den Stafettenbändel übergab.

Nun los in das Getümmel der vielen schon eng nebeneinander schwimmenden Wettkämpfer. Um hier möglichst gut zwischendurch zu kommen muss gecrawlt werden. Luc kommt gut voran, überholt einen nach dem andern. Und weiter vorn gab es dann zwischen den dortigen Schwimmern mehr Platz. Und Luc änderte den Schimmstil, schwimmt eine Strecke weit den schnellen Schwimmstil Butterfly, bis er sich in der Spitzengruppe befindet. Vom dem sehr leistungsfordernden Butterfly-Schwimmen wechselte Luc dann den Schwimmstil zum Brustschwimmen und kommt so an der Spitzengruppe vorbei.

Nun hatte er aber kurz vor sich noch einen Konkurrenten. Es mochten noch etwa 100 Meter sein bis zum Strandziel. Dieser Vorderste sah zurück und versuchte Luc mit allen noch verfügbaren Kräften abzuschütteln. Doch vergebens, zirka 50 Meter vor dem Zielufer überholte ihn Luc. Am Ufer stand staunend der Leiter des Lehrlingsheimes und wartete der Dinge.

Leider aber gab es mit der Stafettenbändelübergabe am Ufer eine kleine Panne. Luc war derart erschöpft, und nervös, dass er zu lange brauchte um den Stafettenbändel aus dem Hosengurt zu nehmen und zu übergeben.

Der andere Schwimmer war damit schneller. Mit zirka 5 Meter Abstand wurde Luc's Mannschaft Zweite in dieser Mannschaftsmarathon-Stafette und stand somit auch auf dem Siegerpodest. Trotz dem Bändelproblem war dies für die ganze Mannschaft eine riesige Freude, und auch eine tiefe Genugtuung für den dabei gefeierten Luc.

Warum sich Luc derart hart, bis zur letzten Faser
durchgekämpft hatte, war ihm im Moment nicht bewusst.
Aber von nun an wurde er, entgegen den vorherigen
Zeiten, von allen seinen Kameraden mehr als voll
genommen.

Es war in der Zeit, in der Albert im Militärdienst stand.
Luc wollte kurz zu Mutter Nadja gehen. Sie war nicht zu
Hause, aber Luc kannte die Adresse eines ihr gut
bekannten Mannes aus der Romandie. So ging er dorthin.
Einige Male musste er läuten, bis ihm aufgetan wurde.
Da war Nadja, nur noch halb bekleidet, neben dem nackt
im Bett liegenden welschen Bekannten.
Es war dies eine für Luc unverständliche, **brüskierende
Situation**. Er konnte sich nicht vorstellen, dass Mutter
Nadja sich ihm so präsentieren konnte. Es wurden fast
keine Worte gewechselt und Luc verliess dieses Haus
wieder. Aber umgehend suchte er Pflegepapa im
Militärdienst zu erreichen und orientierte ihn. Auf Grund
dieser Situation erhielt Pflegepapa von seinem
Kompaniekommandanten einen ausserordentlichen kurzen
Militärurlaub. Er kam nach Hause und sorgte dafür, dass
die Beziehung zu diesem welschen Freund ein Ende fand.

In der Lehre war der nun bald18-jährige Luc, entgegen
der damaligen Zeit beim Schreiner, ein innerlich ruhiger,
besonnener junger Mann geworden. Dies zeigte sich ganz
speziell im Lehrlings-**Werkstattpraktikum**. Dort lernten
sie mittels einem zirka 6 cm grossen Stahlwürfel auch
das genaue flache Feilen und sogenannte Läppen.

Und Luc hatte Erfolg mit dieser Arbeit. Es gab dabei
keine nicht schön eben erfeilte Ecken und Kanten. Dabei
erinnerte er sich auch an die Hobelübung von seinerzeit,
beim Schreiner, wo er noch so unüberwindliche
Probleme hatte.
War dies seinerzeit nicht gar eine Fügung seines
Führungsengels, der damit die heutige, erfolgreiche
positive Entwicklung und Selbstständigkeit seines
Schützlings in die Wege leitete ?-

Auch in der Gewerbeschule für Zeichnerlehrlinge fühlte
sich Luc recht wohl und hatte in den gebotenen
Schulfächern keine Schwierigkeiten. Ganz speziell
interessierten ihn die theoretischen Fächer Geometrie
und Algebra. Oft fühlte er sich dabei während des
Unterrichts unterfordert und erinnerte sich an seine
Algebra-Fachstunden seinerzeit in der Sekundarschule.

Diese unterfordernde Situation störte Luc zwar nicht
gross, doch der Mathematiklehrer realisierte das sehr
bald. Eines Tages brachte ihm dieser ein Buch über die
„Differential- und Integral-Rechnung", schenkt es Luc
und meinte, er würde sich besser mit dieser Mathematik
befassen als mit der „Gewerbeschulalgebra".

Wieder einmal erlebte Luc einen Wahrtraum. Ein
Wahrtraum, weil sich das Geträumte in späteren Jahren
bestätigte.

Dieser Traum war im Unterschied zu anderen, vorkommenden Träumen, speziell seltsam eindrücklich. Luc sah sich dabei in fernerer Zukunft, verheiratet, mit Familie und mehreren Kindern, ein Eigenheim und ein rotes Auto. Dabei sah er sich mit einem einzigen Sohn auf einer herrlichen Autofahrt zu einem schönen, hellen Zukunftsziel. Den tieferen Sinn dieses Traumes und die erfüllte Wahrheit der ihm dabei vermittelten Vorausschau durfte er einige Jahre später erfahren.

Luc wurde nun 18 Jahre alt. Damit kam die Zeit, sich zur militärischen Ausbildung zu stellen. Er machte sich viel Gedanken, über den Sinn, sich als Soldat zur Verfügung zu stellen. Sollte er dazu bereit sein, in einem Krieg auch zu töten, oder sollte er einen **Militärdienst** verweigern ? Diese Gewissensfrage beschäftigte ihn lange Zeit sehr. Vieles ging ihm dabei durch den Kopf. Die Tatsache, dass der Freistaat Seldwila keine Angriffsarmee unterhielt, und sich nur für seine Verteidigung gegen äussere, militärische Eingriffe wehrt, ist eine andere Sache. Luc hörte aber auch, wie die allgemeine Zivilbevölkerung, Frauen, Kinder und ältere Menschen in den durch Agressoren des zweiten Weltkrieges besetzten Ländern, mittels diktatorischer Unterdrückung, durch Verunmöglichung der eigenen Meinungsfreiheit, zu leiden hatten. Über die Medien vernahm man auch, wie teuflisch die Besatzer mit den Zivilbevölkerungen umging. Bei solchen Handlungsweisen ist die Gefahr gross, dass willensschwache Landsleute sich auch zu kriminellen Handlungen verleiten lassen.

Auch diese gegen entsprechende Gefahren zu schützen,
müsste auch eine Aufgabe eines friedlichen Staates sein.
Gegen solche Gefahren musste sich doch auch der
Freistaat Seldwila zur Wehr setzen können. So kam dann
Luc schlussendlich zur Überzeugung, dass eine
Dienstverweigerung der falsche Weg wäre.
Und er trat an zur Aushebung.
So absolvierte Luc in seinem 20-sten Altersjahr die
Rekrutenschule. Mit seiner teilweise pazifistischen
Einstellung bewältigte er diese Ausbildung fast wie in
einem Musstraum.
Das führte soweit, dass er sich später kaum mehr
erinnerte, wo überall in Seldwila er, mit seiner Truppe,
dafür stationiert war.

Nach Abschluss der Rekrutenschule, wieder in Zivil,
hatte Luc in seinem Lehrlingsheim-Zimmer, neben den
Studien für die Lehrstoff-Hausaufgaben viel Zeit über
Fragen zur Welt, über den Sinn des menschlichen
Lebens, das Woher und Wohin des Menschen, sowie
über Gott und Religion nachzudenken. Luc las viel.

Zu seiner beliebten Literatur gehörten Werke zum
Beispiel von Goethe, Schiller, Hermann Hesse, Gottfried
Keller, Pestalozzi, Heinrich Seidel, Shakespeare,
Sokrates, oder Bücher über andere Weltreligionen und
politische Abhandlungen.

Einen tiefen Eindruck machten ihm Gedichte und
Liedertexte von grossen gottesfürchtigen Schriftstellern.

Eines dieser Liedertexte, ein in Helvetien bekanntes
„Landsgemeindelied", sei hier wiedergegeben :

„Alles Leben strömt aus Dir
und durchwallt in tausend Bächen;
alle Welten, alle sprechen :
Deiner Hände Werk sind wir !

Dass ich fühle, dass ich bin,
dass ich Dich, Du Grosser, kenne,
dass ich froh Dich Vater nenne,
Oh, ich sinke vor Dir hin !

Welch ein Trost und unbegrenzt
und unnennbar ist die Wonne,
dass gleich Deiner milden Sonne
mich Dein Vateraug umglänzt !

Deiner Gegenwart Gefühl
sei mein Engel, der mich leite,
dass mein schwacher Fuss nicht gleite,
nicht sich irre vor dem Ziel !"

Auf Grund seiner früheren spirituellen Erlebnisse wusste
er, dass über uns Menschen eine ausserirdische, für uns
Menschen unsichtbare, geistige Welt besteht. Eine
geistige Welt, welche eine umfassende Sicht über die
allgemeine menschliche Entwicklung, eine Voraussicht
über zukünftig unabwendbare irdische Geschehen hat.

Und im weiteren die Aufgabe einer positiven Inspiration
zum Menschen, für eine edle Führung seines
menschlichen Lebens erfüllt..
Es waren zum Beispiel seine eindrücklichsten
spirituellen Erlebnisse, wie früher schon beschrieben, der
Vorwarnung des eintretenden Wohnungsbrandes und der
persönlich erhaltenen Botschaft des ewigen Lebens, vor
sechs und sieben Jahren.

Luc wusste, dass es einen Herrgott und eine Engelswelt
gibt. Die Bibel gibt erschöpfend viele Zeugnisse darüber;
Beispiele Tob. 5,4 ; Luk.1,11-19; 1,26; 2,9-15; Jud. 9;
und allgemein die „Zürcher Bibel-Konkordanz").

Zur Verarbeitung all dieser Gedanken, führte Luc nun ein
Tagebuch. Dort hielt er auch sein gewonnenes Wissen
fest, dass das Sterben des Menschen nur ein Übergang in
ein geistig persönliches Leben in die grosse geistige Welt
bedeutet.
> „Sinnvoll jede Geburt,
> sinnvoll jedes Leben,
> sinnvoll jeder Tod !
>
> Seele, dein Los ist Leiden;
> durch Leiden kommen Freuden
> und du selbst bist das Paradies !"

Auch machte er sich viel Gedanken über das
„Wie weiter", wenn er bald einmal seine Lehre
abgeschlossen haben würde.

Oft fragte er, ob es ihm eventuell möglich wäre zu
studieren. Das würde bedeuten, dass er sich allererstens
die Matura erarbeiten müsste. Das hiesse, die
Möglichkeit zu haben, eine Maturitätsschule zu
besuchen. Ohne ein entsprechendes Stipendium wäre
dies aber kaum möglich. Denn man müsste zum
mindesten irgendwo zu freier Kost und Logi zu Hause
sein können. Zu Hause bei Mutter und Pflegevater war
dies leider nicht denkbar. Die Eltern lebten seit ihrem
seinerzeitigen Konkurs, mit dem damaligen
Gerichtsentscheid immer noch in Schulden.
Und da Albert oft viel Alkohol konsumierte, hatte es die
Mutter mit viel Kummer und Sorgen sehr schwer. Eine
solche Situation, als ein zu Hause, wäre nicht geeignet
gewesen für ein so anspruchvolles Studium. Da wäre
noch die Möglichkeit gewesen, sich die Matura neben
der normalen beruflichen Tätigkeit, in einer Abendschule
zu erarbeiten. Anstatt der noch notwendigen Schulzeit
von zirka 1½ Jahren Tagesschule müsste man in der
Abendschule mit zirka vier Jahren rechnen. Da die
Matura erst die Voraussetzung ist, um zum Beispiel ein
4-jähriges Hochschulstudium machen zu können, würde
die gesammte Studienzeit zirka acht Jahre in Anspruch
nehmen. Anschliessend müsste man aber dann in einer
entsprechenden Arbeitsstelle noch mit zirka 2 Jahren
Einarbeitszeit rechnen.
So wäre dann Luc bis dahin bereits 30-jährig. Luc
mochte aber nicht solange allein bleiben und wünschte
sich wenn möglich bald eine beglückende Bekanntschaft
und daraus eine Familie gründen zu können.

So überlegte sich Luc über die Verhältnismässigkeit,
wenn er so spät sich erst neuen beruflichen Tätigkeiten
widmen könnte, und warscheinlich dann noch Stipendien
zurück zu bezahlen hätte. Doch darüber sollte er sich
nach der bald kommenden Lehrabschlussprüfung
nochmals Gedanken machen.

Mit dem Wissen, das er einerseits mit seinen bisherigen
spirituellen Erlebnissen erhalten hatte, seinen Literatur-
Studien andererseits, sowie den in stillen Stunden intuitiv
erarbeiteten Überlegungen und Zusammenhängen hatte
Luc das Bedürfnis, so weit möglich, verschiedene,
vorhandene religiöse Kreise, auch Sekten kennen zu
lernen. Ihn interessierten dessen Glaubensinhalte,
Einstellungen und religiösen Wahrheitsinhalte. Wie
verstehen die verschiedenen religiösen Kreise die
christlichen Botschaften der Bibel ? So besuchte Luc
mittels Zeitungs- Adress- und Zusammenkunftszeiten -
Orientierungen einmal da, einmal dort solche
regelmässige Lehr- und Bibelstunden. Unangemeldet
ging er dann zu solchen Religionsgemeinschaftsstunden
und hörte zu. Obschon er feststellen konnte, dass sich in
den meisten solcher Gemeinschaften die Anwesenden
gegenseitig kannten, wurde er nie nach seiner Identität
gefragt. Offenbar vermutete man immer, dass er zu
einem hier bekannten Mitglied, oder einer Familie
gehöre. Zweimal nahm ihn seine Oma mit zu den
Versammlungen der Zeugen Jehovas, da sie dort
Mitglied war. Meistens waren die Zusammenkünfte
solcher Kreise verbunden mit einem Frageteil.

Der Vorsitzende, der je nach Kreis, zum Beispiel Bruder, Priester, Erleuchteter, etc. genannt wurde, stellte dann an die Gemeinschaft religiöse Prüfungsfragen.
Luc beteiligte sich dabei oft auch mit Antworten.
Seine Antworten deckten sich aber gar nicht mit den jeweils gemeinschaftseigenen Bibelauslegungen.
Sie lösten stets Erstaunen aus, war offensichtlich nicht einverstanden damit, und liess Luc deshalb meist kein weiters Mal mehr zu einer Antwortgebung.

So musste Luc stets feststellen, dass diese ihm nun bekannten verschiedenen religiösen Kreise, wie auch die sogenannten Landeskirchen ganz unterschiedliche, zum Teil sehr widersprüchliche Auslegungen vertreten.
Und damit verkündeten sie über die wichtigsten Dinge des Glaubens, unvereinbare, sogenannte
'christliche Wahrheiten'.

Je nach Art dieser verschiedenen Religionskreise, beziehungsweise Kirchen, werden zum Teil Unglaubwürdigkeiten gepredigt, wie zum Beispiel :

- ◆ Die jungfräuliche Niederkunft Marias bei Christi Geburt;
- ◆ Gott, Gottes eingeborener Sohn Christus und der Heilige Geist seien nur eine Person;
- ◆ Erschaffung der Welt in nur sieben weltlichen Tagen;
- ◆ Erwartung des Weltunterganges;
- ◆ Thesen der ewigen Verdammnis eines Teiles der Menschheit;

- ◆ Der Papst, der unfehlbare Vertreter Gottes;
- ◆ Sündenvergebung durch Priester;
- ◆ Vergebung aller je und stets verübten Sünden durch Christi Tod;
- ◆ Die von Menschen bestimmten Heiligsprechungen;
- ◆ Verehrung Marias als grösste Heilige und Mutter Gottes;
- ◆ Wer nicht kirchlich getauft ist, kann einst nicht in den Himmel kommen;
- ◆ Die Falschinterpretation des göttlichen Gesetzes der „Wiedergeburt".

Oder ungeklärte, offene Fragen, wie zum Beispiel:

- ◆ Warum gibt es Kriege und Nöte; warum lässt Gott das zu ?;
- ◆ Warum gibt es arme und reiche Menschen, warum lässt Gott das zu ?;
- ◆ Warum gibt es gesunde, begabte und unverschuldet, behinderte, verkrüppelte Menschen ?;
- ◆ Was geschieht mit den verstorbenen Menschen ?

Das alles und noch einiges mehr beschäftigten Luc sehr. Und dies umso mehr er solche verschiedene religiöse, christliche Versammlungen besuchte. Er kam nicht um die Überzeugung herum, dass all die unterschiedlichen Glaubensinhalte entstehen, weil die Bibel, als geschriebenes Buch, in vielen Inhalten überaus verschieden, oder gar folgenschwer falsch übersetzt, verstanden und ausgelegt werden kann.

Auch belehrte ihn die Religionsgeschichte, dass zum Beispiel der Urtext des Alten Testamentes schon zu israelitischen Zeiten vielfach durch deren Priester eigenmächtig, nach eigenem Gutdünken, abgeändert wurde. Und dass dem Neuen Testament, anlässlich der entstehenden christlichen, und später dessen römisch-verstaatlichten Kirche, dasselbe Schicksal widerfahren ist.

Wo, fragte sich Luc, kann der Mensch, zu den vielen widersprüchlichen Fragen die Wahrheiten erfahren? Christus hat seinerzeit vor seinem Weggang (Himmelfahrt) seinen damaligen Jüngern versprochen, er werde ihnen den „Geist der Wahrheit" senden. Anlässlich des ersten Pfingstfestes begann die Erfüllung dieses Versprechens. Was die Jünger und ersten Christen damals, und in den darauf regelmässig stattgefundenen Zusammenkünften, auf medialen Wegen erfahren, erleben und lernen durften, war noch die direkte, göttliche Quelle der Wahrheit. Es waren zum grossen Teil diejenigen primären göttlichen Botschaften, die später von Jüngern Jesu, in Form von sekundär informierenden Berichten, niedergeschrieben wurden.

Nur eine solche primäre Quelle, ungetrübt durch menschliche Text- und Sinnes-Änderungen, Streichungen, eigenmächtigen Einfügungen, schliesst Falschvorstellungen und Irrglauben aus und bringt Wahrheitsverständnis. Dazu wurde Luc sehr bald schon auf einen Wahrheits bringenden Weg geführt. Im entsprechenden Zeitpunkt soll dazu berichtet werden.

Luc war nun bereits in seinem letzten Lehrjahr. Auf
Grund des dabei besseren Lehrlingslohnes und des
günstigen Zimmerangebotes seiner Mutter konnte Luc
nun finanziell seinen Lebensunterhalt, wenn auch
bescheiden, doch ganz unabhängig, selbst bestreiten.
Seine ihm bereits zur Selbsverständlichkeit gewordene
vegetarische Lebensweise war auch billiger als die
übliche Normalverpflegung. So konnte er das
Lehrlingsheim wieder verlassen.

Bei Mutter bezog er eine sehr kleine Mansarde im
Dachstock, die er nach seinem eigenen Gutdünken
einrichten konnte. Es hatte gerade Platz für ein Bett, ein
Tablar mit einem Gasrechaud, einem kleinen Tisch mit
Stuhl. Und in der Ecke neben der Eingangstür befand
sich ein schmaler Kasten. Heizung gab es keine, aber Luc
behalf sich mit einem elektrischen Mini-Heizofen. Die
Eingangstür führte direkt auf die Diele des allgemeinen
Hausestrichs und anschliessend einerseits auf die
Dachterasse und anderseits ins Treppenhaus. Auf dem
Estrichgeschoss gab es zur Dachmansarde zugehörend,
ein kleines WC mit Waschgelegenheit und einer Dusche.
Dort begann Luc sich jeden Morgen und jeden Abend zu
duschen und dabei die Haut mit einer Bürste warm zu
reiben. Sein Ziel war, sich so an kaltes Wasser zu
gewöhnen, und abzuhärten, um als Sportschwimmer auch
bei kälteren Temperaturen im Freien problemlos
schwimmen zu können. Die Auswirkung mit der Zeit
war, dass seine Hautdurchblutung gegenüber früher bei
Kaltwasserkontakt sofort intensiv einsezte.

Dies geschah dann auch bei kalter Witterung. Im Winter
1947/48 hatte sich Luc's Hautdurchblutungs-Reaktion
schon derart umgestellt, dass Luc mit kurzen Hosen,
leichten Hemd und Kniesocken nie mehr fror. Seine Haut
war durch die intensive Durchblutung stets rot und warm.
Seine Arbeitskollegen trauten ihren Augen nicht, Luc so
ins Büro kommen zu sehen. Aber ausser Staunen gab es
nichts weiteres zu sagen.
Während eines in Andermatt stattgefundenen
militärischen Wiederholungskurses rollte der Helm eines
seiner Kameraden den Hang hinunter, und dann direkt
auf den Grund des vor der Reuss vorgestauten, eiskalten
Sees. Was nun ? Luc, an eiskaltes Wasser gewohnt, zog
sich komplett aus, tauchte in den See ab und holte dem
Kameraden den Helm hinauf. Luc war sich dabei
natürlich auch an eine von falscher Scham befreite
Nacktheit gewohnt. In welchem Zusammenhang Luc so
zur Nacktheit gewohnt war, werden sie im folgenden
noch erfahren.
Im einem Wiederholungskurs der in der frühen
Frühlingszeit des folgenden Jahres, in den Bergen, wo
das offene Bachwasser noch sehr kalt ist, stattfand, ging
Luc nach der Tagwache zum morgentlichen Waschen,
anstatt zur offiziellen Waschstelle, in den kleinen direkt
neben der Strohunterkunft fliessenden Bergbach. Dort
legte er sich in einer genügend tiefen Stelle voll ins
fliessende Wasser. Ein Kamerad von ihm meinte dann,
wenn Luc das kann, könne er das auch. Kaum die Zehen
ins Wasser getaucht, zog er sich zurück und wagte keinen
solchen Versuch mehr.

Mit dem Umzug aus dem Lehrlingsheim in diese Dach-
Mansarde entschloss er sich, zu zwei generellen
Umstellungen. Da er Literatur über die Wirkung des
Vormitternachtsschlafes gelesen hatte, dies auch
auszuprobieren. Nach den in der Literatur aufgezeigten
Erfahrungen, benötigt man beim Schlaf innerhalb der
Vormitternacht nur halb soviel Schlafzeit als in der
Nachmitternachtszeit. Die dabei gewonnene Zeit nutzte
er für die Vorbereitung zur kommenden
Lehrabschlussprüfung. Die Praxis für einen
regelmässigen Vormitternachtsschlaf konnte er aber
nicht von Heute auf Morgen ralisieren. Man musste sich
dies langsam angewöhnen. Zuerst begann Luc jeweils ¼
Stunde früher als vordem ins Bett zu gehen und steigerte
dies im Verlaufe der folgenden Wochen soweit, bis er
das in der Literatur beschriebene Ziel erreicht hatte.
Luc's Versuch bestätigte dies vollauf. Dies führte soweit,
dass er abends spätestens um 8.00 Uhr ins Bett ging und
dann jeweils nachts um 12.oo Uhr völlig ausgeschlafen
wieder aufzustehen wünschte. So benötigte er nach einer
täglichen Beschäftigung von 20 Stunden nur 4 Stunden
Schlaf. In diesen Morgenstunden arbeitete er den ganzen
Gewerbeschulstoff komplett durch, und schrieb ihn dabei
komplett neu und fachlich optimal geordnet, besser
strukturiert wieder auf.
Innerhalb von vier Ringbüchern erarbeitete er so seine
Lehrzeit-Fachunterlagen in Mathematik, Mechanik,
Elektrotechnik, Materiallehre, und Berufskunde. Mit der
Praxis des Vormitternachtsschlafes konnte Luc einen
vollen Erfolg verbuchen.

Ein anderes ihn sehr beschäftigendes Thema war die
Notwendigkeit einer gesunden Ernährung und
körperlichen Lebensweise. Mit seinem Vegetarismus
hatte er bisher ungewohnt gute Erfahrungen gemacht.
Seine Magenleiden waren schon fast ganz überwunden.
Dies weckte noch mehr Interesse für neuzeitliche
Ernährungs- und Lebensempfehlungen. Im Reformhaus
fand er dazu ausreichlich gute Literatur. Auf Grund der
guten Erfahrungen mit den neuzeitlichen Ernährungs-
beratungen, zum Beispiel dem Vegetarismus, entschloss
er sich, auf eine Rohkosternährung umzustellen.
Er war davon überzeugt, dass ihm dies alle notwendigen
Ernährungsbedürfnisse vollauf decken, ja sogar
gegenüber der normal üblichen Ernährungspraxis, enorm
übertreffen würde. Es gibt in der Natur unzählige
Beispiele von nicht fleischfressenden Tierarten, welche
sich lediglich von natürlichen Pflanzen ernähren. Ein
klassisches Beispiel ist der Elefant, gross und stark, mit
einer relartiv hohen Alterserwartung. Die vielen
Menschen, die aus dem hohlen Bauch heraus behaupten,
der Mensch brauche die Fleischernährung, ohne dies
einmal über eine genügend lange Zeit selbst erfahren zu
haben, verbreiten meist eine falsche Ernährungspolitik.
Dabei darf man wohl realisieren, dass für Menschen, die
über viele Jahre überwiegend an Fleischnahrung gewohnt
sind, eine vergetarische Ernährung problematisch sein
kann. Dies zum Beispiel deshalb, weil die
Verdaungsfunktionen des Körpers für die Umsetzung von
pflanzlichen Eiweiss in das notwendige „tierische"
Eiweiss verkümmert sind.

Am Silvesterabend, hatte sich Luc, bereits voll
ausgeschlafen, bei Mutter, einen Stock tiefer, in der
Wohnung, gemeldet, als der Pflegevater erst von seinem
Silvesterausgang nach Hause kam.

Luc war sich dabei schon bewusst, dass er, im Moment,
mit seinem neuzeitlichen Lebensstil ein Aussenseiter
war, das nur schwer in das üblich gesellschaftliche Leben
passte. Mit diesem Problem wurde Luc in einem späteren
Zeitpunkt, von dem wir noch hören werden, nochmals
strenger konfrontiert.

Innerhalb von Literatur aus dem Reformhaus lernte Luc
auch die Darlegungen und Gründe der Freikörperkultur
und damit deren Schriften, zum Beispiel des damaligen
Lebensreformers Werner Zimmermann, kennen. Neben
den Luc überzeugenden, gesundheitlich, moralisch und
sittlich positiven Auswirkungen erinnerte sich Luc auch
an die in seinen früheren, vor zirka 16 Jahren erfahrenen,
falschen, geheimnissumwitterten, aufklärungsverhin-
dernden und prüden Erziehungspraktiken in
Sexualfragen.
Vor solchen schlechten Jugenderfahrungen, die er bei
dessen Geheimnistuerei und Verteufelung von Nacktheit
und Geschlechtsunterschieden erfuhr, sollte er einmal,
eigene Kinder haben, diese bewahrt sein.

Luc's, in den nun vergangenen drei Jahren angeeigneter,
Lebensstil, hat ihm gesundheitlich unschätzbaren Erfolg
gebracht.

Seine einstigen, so hartnäckigen, lang andauernden
Magen- und Verdauungsbeschwerden hat er ein für
allemal besiegt. Auch in seinen späteren Jahren hatte er
trotz Rückkehr zur Normalkost (warum, - darüber später)
nie mehr solche Beschwerden gehabt. Er hat auch
erfahren, dass die Spötter gegen den Vegetarismus oder
die konsequente Rohkosternährung nicht recht haben.
Diese Spötter entbehren darüber einer eigenen Erfahrung.
Wie urteilen doch viele Menschen über Dinge, die sie
selbst nie seriös und ausführlich getestet und erfahren
haben.
Dasselbe muss über die gesunde und Vorteil bringende
Praxis des Vormitternachtschlafes gesagt werden.

Luc ist sich dabei wohl bewusst, dass gewisse gesündere
neuzeitlichere Lebenshaltungen in der heutigen, an eine
andere Tageszeiteinteilung gewohnte, und mit
festgefahrenen Sittlichkeitsdogmen behafteten
Gesellschaft, nicht durchzuführen sind, sofern man nicht
ein isolierter Aussenseiter werden will.

Im September 1948 absolvierte Luc mit Erfolg seine
Lehrabschlussprüfung als Elektro- und Apparatezeichner.
Anschliessend wurde er in der Dampfturbinenabteilung
der Maschinenfabrik, wo er seine Lehre absolviert hatte,
als Maschinenzeichner eingestellt.

Nun war er 21 Jahre jung, hat in Fragen von
Lebenshaltungen und Beruf viel gelernt.

Die Zeit seit seinem Wegzug, aus dem städtischen Heim
seines Bürgerortes, vor 4½ Jahren, gestaltete sich für Luc
als sehr fruchtbar und erfolgreich.
Jetzt eröffnete sich ihm eine ganz neue, in jeder
Beziehung selbsständige Lebensphase.

Luc's Fragen nach Aufgaben und Lebenssinn

Interessiert an religiösen Themen besuchte Luc auch die
im Stadtquartier stattfindenden Zusammenkünfte der
sogenannten „Jungen Kirche", eine von der
protestantischen Kirche geführte Gemeinschaft für junge,
konfirmierte Mitglieder. Diese wurde jeweils vom hier
zuständigen Pfarrer, meist mit Lesungen und
Diskussionen zu Bibeltexten, geleitet.

Die Anwesenheit von Luc bereitete diesem Pfarrer
etliche Schwierigkeiten, da Luc mit den Auslegungen des
Pfarrers oft nicht einverstanden war. Ein krasses Beispiel
war des Pfarrers Behauptung, dass es keinen Teufel gäbe.
Auf Grund vieler Zeugnisse aus der Bibel und all dem
Schlechten, was in dieser Welt stets geschieht, ist ihm
des Pfarrers Meinung unverständlich.
So gibt es auch andere, religiös-biblische Tatsachen, über
die der Pfarrer Unglaubwürdiges darlegt
(Theologische Irrlehren !).
Hier sei auch erinnert an die schon von Luc in seiner
Lehrlingszeit gemachten und dort erläuterten
Erkenntnisse.

Zu diesen Zusammenkünften war von den Jugendlichen
der „Jungen Kirche" auch eine im Dienst eines
Quartierarztes stehende Haushalthilfe eingeladen. Sie
hiess Linda. Diese lernte Luc, anlässlich eines Ausfluges
der Jungen-Kirchen-Gruppe zum protestantischen
Tageszentrum „Poldern" auf dem Pfannenstiel, näher
kennen. Linda kam aus einem einst mit Hitler-
Deutschland liierten Land, wo sie zur Zeit der massiven
Luftangriffe der Alliierten an Typhus erkrankte. Deshalb
konnte sie sich nach Genesung ein Jahres-Visum für eine
Erholung in einer evangelischen Kirchgemeinde am
Seldwilersee des Freistaates Seldwila beschaffen.
Anschliessend erhielt sie ein zusätzliches Visum für eine
einjährige Anstellung als Haushalthilfe in der Hauptstadt
Seldwilas. Ihrem Beruf, als gelernte Kauffrau, durfte sie
in Seldwila, als Bürgerin eines im deutschen Kriegdienst
gestandenen Land, nicht nachgehen.
Auf dem Rückweg zur Stadt gab es ein schöner, teilweise
durch den Wald führender Wanderweg. Sonst war es aber
heiss, und Luc zog unbekümmert sein Hemd aus.
Für ihn, der in solchen Fragen keine falschen Schamvorstellungen mehr hatte, war das nichts Anstössiges.
Anders aber für die andern, die, offenbar von zu Hause
aus, als „streng christengläubig", mit anerzogenen
falschen Schamvorstellungen, sich daran störten.

Als Angestellter konnte er sich nun eine komfortablere
Zimmermiete leisten und zog dazu ins Stadtquartier
seiner Arbeitgeberfirma. Oft machte sich Luc Gedanken
über seinen momentanen Lebensinhalt.

Er hatte einen Beruf und verdiente genug um anständig zu leben. Was sollte daraus werden ? Es war sicher nicht der Sinn, zu arbeiten, um zu leben, und zu leben um zu arbeiten. Das wäre doch ein Spiel, ähnlich einem Hündchen, der dauernd seinem eigenen Schwanz nachzurennen versucht. Er empfand das Bedürfnis einer speziellen Aufgabe. Für das was und wie, sah er im Moment noch keinen Ansatz.

Durch die Kontakte zu lebensreformerischen Themen via Reformhaus stiess Luc auf die Adresse eines Familien- und Freundeskreises, welcher eine ihn sehr interessierende regelmässige christlich- besinnliche Zusammenkunft pflegte.
Hier sei an die seinerzeitigen Besuche Luc's in verschiedenen Bibelgesellschaften und relogiösen Kreisen in den Jahren seinesAufenthaltes im städtischen Lehrlingsheim und den dabei gewonnenen Erkenntnissen erinnert.
Es geht um die einzig unfehlbare, primäre Wahrheitquelle zu christlichen Fragen und richtigem Verständnis der Bibel, dem Weg, gemäss dem Versprechen Christi; dass er nach seinem Heimgang (Auffahrt) den **Geist der Wahrheit** senden werde, der mögliche Weg über die Medialität eines gottesfürchtigen, vorbildlich lebenden Mitmenschen. Dazu muss auch erkannt werden, dass seit Menschengedenken dieser Weg möglich war, ein Weg zwischen dem Menschen und dem göttlich, belehrendem, himmlischen Helfer, dem **„Geist der Wahrheit".**

Beispiele kennen wir aus dem Alten Testament und dann auch seit dem spiritualen Pfingstgeschehen. Man weiss aber auch, dass es in ähnlicher Weise auch stets möglich war, dass solche Kontakte, als Orakel, Okkultismus oder Spiritismus bezeichnet, auch zwischen Mensch und unguten Geistwesen zu unterhalten. Diese unguten Geistwesen werden in der Bibel als „die Toten" bezeugt. Deshalb heisst es in der Bibel :

»Du sollst die Toten nicht befragen !«

Dabei kann erkannt werden, dass als geistig tot diejenigen Wesen bezeichnet sind, welche gegen Gott oder seine Gesetze handeln. Im Gegensatz zu den nach Gott strebenden, also in geistig-göttlichem Wirken, **lebendigen** Wesen.

Zu praktisch allen menschlichen Fähigkeiten und wissenschaftlichen Erkenntnissen, die schliesslich alle von Gott ermöglicht oder gegeben sind, gibt es seit Menschengedenken stets zwei Anwendungs-möglichkeiten. Man kann solche zum vorbildlich Guten zu positiver Entwicklung oder zum verwerflich Schlechten, dem Bösen dienenden, einsetzen. Die dogmatische Darstellung vieler christlicher Kreise, auf Grund der biblischen Warnung vor Befragung der Toten, keine Kontakte zu Geistwesen zu haben, ist höchst folgenschwer irreführend. Damit wird, gerade durch den sogenannten christlich-kirchlichen Klerus, der einzig unfehlbare Weg zu Wahrheiten, gemäss Christi Versprechen, verbaut und abgeblockt. Was für ein ironischer Glaubenswiderspruch.

So besuchte Luc zur angegeben Zusammenkunftszeit diesen Freundeskreis. Er kannte niemanden von den dort zirka 14 Anwesenden. Man fragte auch nicht, wer er war, er wurde einfach in entgegenkommender Art mit eingeschlossen. Dort erlebte er die Athmosphäre einer echten Besinnlichkeit, die mit Dank und Gebet an Gott begann. Dann erhielten die Anwesenden in einer Art Predigt, wie man es im Alten Testament durch die Propheten und als Geistesgaben der frühen urchristlichen Gemeinden her kennt, einen medialen Vortrag. Einerseits vermittelte dieser Anweisungen für ein gerechtes und Gott gefälliges Leben durch Liebe, Güte und Befolgung der von Gott geschaffenen geistigen Gesetze. Und andererseits Orientierungen über Sinn und Aufgabe von Schwierigkeiten im Leben, als notwendige Prüfungen. Für Luc war dies ein überaus erhebendes und beglückendes, ein nicht in geringster Weise fragwürdiges Erlebnis. Einige Monate später erst stiess Luc auf einem neuen Weg wiederum auf diesen spiritualen Kreis. Darüber werden wir dann noch eingehender hören.

Luc hatte sich, gemäss der in seinen jüngeren Jahren erfahrenen brüden Geheimnistuereien und Irrwegen, in Fragen der Geschlechtlichkeit und Sexualität, sowie den überzeugenden Schriften der Freikörperkultur, im nächstliegenden FKK-Verein als Mitglied eingetragen. Im ländlich liegenden, hiefür abgeschlossen, geschützten Gelände erholte er sich jeweils über das Wochenende mit Baden, Sonnenbaden, Sport und Spielen.

Von Mutter Nadja erfuhr Luc, dass Opa, Mutters Vater, kurz nach Seldwila kommt und man ihn in einem Restaurant in Luc's Wohnquartier treffen könne. Es war ein überaus trauriges Treffen. Opa sass allein an einem andern Tisch. Luc selbst kannte ihn nur aus seinem kurzen damaligen halbtägigen Treffen, als er ihn vor fünf Jahren selbst einmal aufsuchte.

Nadja, Bekannte von ihr, Luc und Linda sassen separat an einem andern Tisch. Nadja animierte dabei niemanden, mit ihm ins Gespräch zu kommen. Warscheinlich hätte Luc deshalb dazu die Initiative ergreifen sollen, obwohl dies Pflicht dessen Tochter Nadja gewesen wäre. Warum er dies nicht realisierte, trotzdem alle den Eindruck hatten, dass Opa Tränen in den Augen hatte, war ihm später auch nicht klar. Es war da zu Opa eine Art Distanz, die der Einstellung seiner Töchter gegen Opa, wie früher beschrieben, entsprach.

Luc und Linda sahen sich regelmässig in guter Freundschaft. Sie besuchten oft auch ein Theater, gingen Bootsfahren auf dem See oder flanierten in der Innenstadt.

Derweil war das einjährige Arbeitsvisum von Linda, und die Jahresanstellung bei der Arztfamilie abgelaufen. Eine Erneuerung des Visum musste sie sich im Herkunftsland beschaffen. So reiste sie dafür für zirka 3 Wochen in ihr Geburtsland.

Wie schon zur Zeit seiner Lehrabschlussprüfung machte sich Luc wieder Gedanken über seinen momentan aussenseiterischen Lebensstil. Rohkosternährung und Vormitternachtsschlaf wären, gemäss seinen gesundheitlich allseits sehr postiven Erfahrungen, für viele Menschen ein sehr empfehlenswerter Lebensstil. Wenn man aber in der Gesellschaft mit dem allseitig praktizierten Tagesablauf und der fast ausschliesslich nicht vegetarischen Ernährung, nicht als isolierter Aussenseiter leben will, kommt man nicht darum herum, diesbezüglich Kompromisse zu machen. Dazu muss man sich auch klar sein, dass es nicht der Sinn des Lebens ist, sich aus der Gesellschaft abzumelden; denn es ist auch eine Lebensaufgabe, in der Zivilisation, in die man hineingestellt ist, seinen Beitrag zu leisten. Dies wurde Luc auch speziell bewusst, als er Linda kennen lernte. Und bei einer eventuellen Familiengründung wäre es noch wichtiger, sich den gesellschaftlichen Gepflogenheiten, soweit notwendig, kompromissbereit anzupassen. Dabei brauchte man seine Überzeugungen und seine Identität dazu nicht aufzugeben. Wenn nun Luc mit Linda unterwegs war, passte sich Luc jeweils entsprechend den Lebensgewohnheiten von Linda an. In der Zeitung wird Luc auf eine Anzeige über geist-christliche Vorträge aufmerksam. Telefonisch verband er sich mit dem Anzeigeaufgeber und meldet sein Interesse. Dabei entwickelt sich zwischen Luc und dem Anzeigeaufgeber, einem Herr Bruggmann, ein informatives Gespräch. Letzterer erkundigt sich freundlich über die Glaubenseinstellungen Luc's.

Luc orientiert ihn offen über seine Glaubens-
Erkenntnisse, die er durch die Besuche verschiedener
Bibelgesellschaften und religiösen Kreise in seinen
Lehrlingsjahren gewonnen hatte, und dem Interesse nach
einer echten Wahrheits-Quelle. Darauf lud ihn Herr
Bruggmann zu sich nach Hause ein, um ihn etwas
ausführlicher über die erwähnten geist-christlichen
Vorträge (Spiritualismus) zu informieren. Luc erfährt
dabei über das medial vermittelte Wissen von
Präexistenz und Wiedergeburt des Menschen, der
Existenz einer ausserirdischen geistigen Welt, sowie über
die Zusammenhänge vom jenseitigen grossen Sündenfall
und der Erlösung der dabei Gefallenen durch Christus.
Zum grossen Erstaunen von Luc erlebte er, dass all das,
was er hier von Herr Bruggmann hörte, ein
Bewusstwerden eines tief in ihm schlummernden
geistigen Wissens hervorruft. Seine Reaktion:

> **» Jetzt wird mir bewusst,**
> **ich weiss ja das doch schon,**
> **ja so ist es -- «**

Beglückt darüber, hier einen Freundeskreis gefunden zu
haben, der im grossen Unterschied zu all jenen früher
schon besuchten, religiösen Kreisen und der
Landeskirche, keinerlei Widersprüchlichkeiten,
Unglaubwürdigkeiten, kirchliche Geheimniserklärungen
und Kulthandlungen aufweist. So besuchte Luc nun oft,
als dieser Gemeinschaft zugehörig, deren
Vortragsveranstaltungen.

Nun realisierte Luc auch, dass sich diese Gesellschaft aus
dem kleinen Familien- und Freundeskreis entwickelt
hatte, bei dem er schon ein Jahr zuvor die Gelegenheit
warnehmen konnte, einen medialen Vortrag zu hören.
Die Vorträge fanden wöchentlich statt und wurden
anschliessend stets in einer eigenen Zeitschrift „**Geistige
Welt**", wortgetreu wiedergegeben, und gegen einen
Abonnementsbeitrag zu Verfügung gestellt..

In der Absicht, seine beruflichen Kenntnisse, nach
Beendigung seiner Lehrzeit, zu erweitern, suchte Luc
eine Zeichneranstellung in einer anderen
Maschinenbaufirma. So nahm er eine Anstellung bei der
damaligen Aufzügefabrik in einem Vorort Seldwilas an.
Für seinen Arbeitsweg musste er von nun an mit dem
Zug zum Arbeitsplatz fahren.
Deshalb suchte er in Bahnhofnähe ein Zimmer zu finden.
Dieses Unternehmen brachte ihm dreifach, in keiner
Weise selbst verschuldete, unangenehme Erlebnisse
seitens Zimmervermieter. Zuerst übernahm er bei einem
älteren, pensionierten Ehepaar ein Zimmer am
Dalbaquai. In einer der ersten Nächte erwachte er, weil
er von etwas gestochen wurde. In der folgenden Nacht
dasselbe. Ihm kommt ein schlimmer Verdacht. Am
Morgen nimmt er das Bett auseinander und untersucht
Bettwäsche und Matratzen. Sein Verdacht bestätigt sich.
In den Nahtwülsten der Matratze findet er Wanzen. Um
hierüber ein Beweismittel zu haben sammelt er alle
auffindbaren Wanzen und steckt sie in ein
verschliessbares Fläschchen.

Damit ging er dann auf das Gesundheitsamt der Stadt.
Nachdem dieses Gesundheitsamt mit dem Vermieter
Kontakt aufgenommen hatte, wurde behauptet, Luc hätte
diese Wanzen eingeschleppt, trotzdem dies auf Grund
seiner beschwerdelosen Miete beim vorherigen
Zimmervermieter ein Fall der Unmöglichkeit war.
Die Gesundheitsbehörde ging damit nicht auf seine
Beschwerde ein. Im Gegenteil wurde Luc haftbar
gemacht und musste die behördlich angeordnete
Zimmer-und Utensilien-Desinfizierung bezahlen.
Dabei erfuhr Luc, dass dieser pensionierte Vermieter ein
ehemaliger, dem Gesundheitsamt gut bekannter
Staatskollege war. Auf Grund seiner bisherigen, oft
ungerechten Haltungen von Behörden-Amtspersonen,
fühlte sich Luc machtlos, sich bei solcher, staatlich-
freundschaftverbundenen Beamtenschaft, gegen dieses
Unrecht zu wehren.
Leider erst später erinnerte sich Luc an eine seinerzeitige
Bemerkung dieses Vermieters, dass er das Bett zu diesem
Mietzimmer, erst gerade vorher, sammt Matratzen und
Zubehör bei einem Altmöbelhändler gekauft hätte. Damit
war Luc klar, wie diese Wanzen eingeschleppt wurden.

Nach dem Verlassen dieses Zimmers war Luc auf der
Suche nach einer anderen Mietmöglichkeit. Da erhielt er
eine Adresse einer schönen Pension, deren Verwalterin
für ihre Pensionäre eine vegetarische Küche führte. Luc
war glücklich darüber, mit dieser Verwalterin, die auch
eine Sympatisantin des spirituellen Kreises war, einig
geworden zu sein.

Nach Desinfektion des Wanzenzimmers holte sich Luc
dort seine mitdesinfizierten Effekten. Beim Begriff das
neue Zimmer zu beziehen verwehrte ihm die Verwalterin
den Zutritt und erklärte ihm, dass sie sich erkundigt und
erfahren habe, dass er am vorigen Ort Wanzen
eingeschleppt hätte.
So wurde seine Freude über diese vermeintliche gute
Gelegenheit auch enttäuscht.
Nun war er wieder auf Zimmersuche. Dann fand er ein
Zimmer in einem älteren Haus des Industriequartiers, in
der Nähe des Bahnhofes. Aber auch da erlebte er ein paar
Tage später eine böse Überraschung.

In der Zwischenzeit war seine Freundin Linda mit einem
neuen Jahresvisum zurück in Seldwila.
Luc holte sie im Bahnhof ab, dann leisteten sie sich einen
kurzen Spaziergang, bevor sich Linda an ihrem
vorläufigen Logiort bei einer Linda gut bekannten älteren
Frau in der Altstadt der Stadt meldete. Zuvor orientierte
Luc noch Linda, wo er im Moment nun in Zimmermiete
war, und zeigte ihr kurz das Logi. Dann begleitete Luc
Linda in die Altstadt, wo sie ihre provisorische
Unterkunft bezog. Als er in sein erst kurz gemietetes
Zimmer zurückkam meldete sich bei ihm die
Zimmervermieterin. Sie behauptete, Luc hätte diese
junge Frau für Sex auf das Zimmer genommen. Luc war
äusserst schockiert über diese Anschuldigung und
beteuerte, dass so etwas nicht geschehen sei. Aber
unverstanden verwies sie Luc auf der Stelle aus dem
Zimmer.

Damit war Luc bei dieser Zimmersuche dreimal kurz
hintereinander unschuldig Opfer, primär auf Grund eines
unkorrekten Urteils durch städtische Beamtenschaft,
dann eines daraus folgenden Misstrauens einer
möglichen neuen, und letzterweise einer bösartig,
anschuldigenden älteren Vermieterin.

Diese Erfahrungen sind negative Beispiele, wie Behörden
bei Jugendlichen alles andere als Vertrauen zu ihnen
weckt, und ältere Mitmenschen oft nicht bereit sind,
ohne unberechtigtes Misstrauen, auf Erklärungen
jugendlicher einzugehen.

Bis zu einem neuen Anlauf für eine Zimmersuche ging
Luc mit seinen Effekten zur Mutter Nadja. Dort ergab
sich in unerwarteter Weise die Möglichkeit eines soeben
frei gewordenen kleinen Zimmers.
Da Luc und Linda bereits so gut wie verlobt waren,
konnte es so eingerichtet werden, dass sie nun
vorderhand, provisorisch, zusammen dieses Zimmer bei
Nadja bewohnten.

Beim nächsten Besuch zum Freundeskreis nahm Luc,
nach einer Vororientierung Lindas, sie zu einem der
regelmässigen spirituellen Vorträge, mit.
So lernte Linda den von Luc so geschätzten
Freundeskreis, wo er die positiv lebensberatenden,
spirituell-geistigen Ratschläge fürs Leben, erhalten
konnte, kennen.

Luc und Linda machten sich Gedanken über die
Möglichkeit einer baldigen Heirat. Luc's Sorge dabei war
sein zu dieser Zeit sehr kleiner Verdienst, der zur
Gründung einer Familie kaum genügen konnte.
Luc besprach mit Linda diese Bedenken, welche er in
dieser Frage schon vor drei Jahren, betreffend beruflicher
Weiterbildung, gemacht hatte.

In der jetzigen Situation konnte nur ein Ingenieur-
Studium am Abendtechnikum sinnvoll und möglich sein.
Denn dabei könnte Luc weiterhin auch seinem Verdienst
als Maschinenzeichner nachgehen. Und mit Linda
zusammen wäre Luc zugunsten seines Studiums von
anderen im Privatleben notwendigen Haushalt- und
Unterhaltsaufgaben entlastet. Auch darf Linda, wie
schon erwähnt, nur als Seldwila-Bürgerin ihrem
gelernten Beruf nachgehen. Linda und Luc waren sich
aber bewusst, dass Luc dabei für zirka vier Jahre hart
beansprucht sein würde und sie dabei recht wenig
gemeinsame Zeiten realisieren könnten.
Eine Tageseinteilung mit Nutzung des Vormitternachtsschlafes wäre damit auch nicht mehr möglich.
So entschieden Linda und Luc übereinstimmend, zu
heiraten, mit dem gleichzeitigen Start des Studiums von
Luc am Abendtechnikum.
Es war ein Entscheid, der das Leben von Linda und Luc
auf einen Schlag in ganz neue Bahnen führte. Für beide
ergab sich, eigentlich zuvor nicht ganzheitlich
voraussehbar, von heute auf morgen, die Eröffnung einer
umfang- und weitreichenden Lebensaufgabe.

Luc hatte sich, wie früher bereits geschildert, schon einige Zeit zuvor Gedanken gemacht darüber, was für eine Lebensaufgabe auf ihn zukommen könnte. Denn dass das Leben mit einer Lebensaufgabe beauftragt sein wird, war schon früh eine seiner Voraussichten. Nun stand sie, wie von unsichtbarer Hand geführt, vor ihm. Vieles änderte sich damit in seinem weiteren Leben. Auch wurde er sich dessen bewusst, dass die Widmung zu einer solchen Aufgabe wichtiger ist, als die maximalste Beachtung von biologisch neuzeitlichen Lebenspraktiken in Form eines Aussenseiterlebens.

So trennte sich Luc, zugunsten eines gemeinsamen ehelichen Zusammenlebens mit Linda und der Gründung einer Familie, von seinem Einsiedlerdasein. Auch passte sich Luc einerseits grossenteils der Linda gewohnten, gesellschaftlich-konventiellen Ernährungsweise an. Andererseits, um sich dem Studium am Abendstudium widmen zu können, richtete er sich wieder nach den allgemeinen gesellschaftlichen Tages- und Schlafzeitgewohnheiten.

Auf Grund seiner spirituellen Erfahrungen, in der Zeit vor 5 bis 10 Jahren, und den belehrenden Vorträgen im christlich-spiritualen Kreis, wusste Luc um den wichtigsten Sinn unseres menschlichen Lebens. Die nun auf ihn zukommende Aufgabe von Ehe und Familie verlangte eine dementsprechde vorbildliche, Gottes Gesetzen entsprechende Erfüllung der damit vebundenen Anforderungen und Problemen.

In zwei Dingen waren dabei Linda und Luc nun
gefordert. Ein Sprichwort sagt treffend dazu:
» Der Beruf verlangt Eigenschaften,
die Ehe aber Tugenden ! «

Linda und Luc's Start zur eigenen Familie.

Luc meldete sich nun im Abendtechnikum Seldwilas an.
Dort erfuhr er, dass man bei genügend mathematischen
Kenntnissen, in den Fächern Algebra und Darstellenden
Geometrie, und einer entspechend guten Aufnahmeprüfung, direkt in das zweite Semester eintreten konnte.
Wie früher schon erfahren, war Algebra für ihn seinerzeit
in der Gewerbeschule ein Lieblingsfach. Darin hatte er
mehr als genügend Vorkenntnisse. Hingegen das Fach
Darstellende Geometrie kannte er noch nicht. Aber bis
zum Beginn des kommenden Semesters hätte er
genügend Zeit sich dazu vorzubereiten. Aber er benötigte
natürlich das entsprechende Lehrbuch, was gar nicht
billig war. Geld war jetzt im Moment ein Problem, denn
bis zum Eintritt in die Schule musste auch noch einiges
Studienmaterial besorgt werden. Luc konnte sich dann
von einem anderen Technikumsschüler das Buch der
Darstellenden Geometrie für kurze Zeit ausleihen. Linda
schrieb und zeichnete dann, während Luc im Geschäft an
der Arbeit war, das ganze Buch sammt den
geometrischen Zeichnungen ab. Sie bewältigte das so
genau, dass bei allen geometrischen Zeichnungen die
vielen Schnittpunkte absolut fehlerlei übereinstimmten.
Damit lernte dann Luc jeweils Abends nach der Arbeit.

So bestand er die Aufnahmeprüfung ins zweite Semester.

Die Schulzeiten fanden jeweils an den Werktagen je von 19.oo bis 22.oo Uhr, sowie an den arbeitsfreien Samstag-Nachmittagen statt. Hausaufgaben konnten dann nur nach der Schule, nachts zu Hause, sowie an den Wochenenden gemacht werden. Wenn es gut ging blieb Luc und Linda jeweils pro Monat höchstens an einem Wochenende Zeit gemeinsam etwas zu unternehmen.

Früher als eigentlich erhofft wurde Linda schwanger. Damit begann für das junge Brautpaar unerwartet, zu kurzfristig, eine zusätzliche, nicht einfache Aufgabe. Einerseits sahen sie sich gezwungen, für die erste Zeit, bis sie eine Wohnung finden konnten, ein grösseres Zimmer zu suchen und andererseits, früher als sie sich vorgestellt hatten, offiziell zu heiraten.

Damit wurden sie schon vor die ersten grösseren Probleme gestellt. Luc's Lohn war sehr gering. Eine Hilfe seitens Luc's Eltern war nicht zu erwarten. Im Gegenteil zeigte sich vor allem, dass Nadja, Luc's Mutter, nicht gerade positiv gegen Linda eingestellt war.

Dies offenbarte sich ganz speziell an dem von Linda und Luc vorgesehenen Hochzeitstag.

Heirat :

Eine Mutter hätte doch, dem im Moment in ihrem Zimmer wohnenden Brautpaar, Sohn und Braut Linda, am Hochzeitstagmorgen ein Frühstück geboten und sich speziell für das Hochzeitskleid und die Präsentation der Braut bemüht. In Ermangelung dessen hat dann Nadjas Schwester, Eveline, die Tante Luc's, der Braut etwas geholfen.

Zur kirchlichen Hochzeit erschienen Eveline's Familie, Nadja und ihr zweiter Mann Albert. Nadja kam in den Hausfinken. Kevin, erster Mann Nadjas, Vater von Luc, kam nicht zur Hochzeit. Sein einziges Zeichen war eine Postsendung mit zwei Garnituren Bettleintücher.

In der Hochzeitpredigt nahm der Pfarrer Bezug auf die Schöpfung des „Gartens Eden" und der Schaffung des Menschenpaares „als ein Leib" 1.Mose, Kap.2. Verständnis- und achtungslos zu diesem biblischen Vergleich der Ehe mit dem „Garten der Ehe/ Garten Eden" fällt der Gatte Eveline's mit taktlosem, höhnischen Lachen in die besinnlichen Worte des Pfarrers ein.

Zu guter Letzt, gleich nach der kirchlichen Trauung, wird Linda von einem unerwarteten, fiebrigen Grippeanfall überrascht und muss von Luc umgehend nach Hause in Bettpflege gebracht werden. Das Hochzeitessen fand dann ohne die Braut statt.

Sobald Linda ihre Grippe überwunden hatte, gingen
Linda und Luc auf Wohnungssuche. Das war, wie sie
erfahren mussten, ein sehr schwieriges Unterfangen.
Besuchte Wohnungsvermieter sahen dabei, dass Linda in
Erwartung war. Mit dem Hinweis, dass sie kein
Kindergeschrei im Hause haben möchten, lehnten sie
dessen Anliegen ab. In der Folge traute sich Linda nicht
mehr auf solche, einem Spiessrutenlaufen gleichende,
Wohnungssuche, mitzugehen.
Bei einem jungeren, sehr netten Ehepaar fanden sie dann,
bis zur Möglichkeit einer eigenenWohnung, ein schönes
Doppelzimmer. Um mit ihren wenigen Habseligkeiten
umzuziehen genügte ihnen ein Personenauto.
Gegen Bezahlung verhalf dazu der Vater Luc's mit
seinem eigenen Auto.
Für Luc begann nun auch der geplante Schulbesuch am
Abendtechnikum.

Schon nahte die Zeit von Lindas Niederkunft. Plötzlich
kündigten sich die Wehen an. Mit der Strassenbahn
fuhren Luc und Linda zur Spital-Gebährabteilung. Es war
höchste Zeit. Kaum dort angelangt kam auch schon
Töchterchen Theresia zur Welt. Fast hätte es noch ein
Problem gegeben wegen normalerweise unverträglichen
Blutgruppen von Linda und Luc. Für den Notfall wurden
bereits schon Blutreserven bereit gestellt. Doch alles
verlief besser als befürchtet und die kleine, neue
Erdenbürgerin und die Mutter Linda waren bestens
wohlauf. Eine grosse Erleichterung, gemischt mit grosser
Freude, beglückten Eltern Linda und Luc.

In dieser Zeit verstarb einsam und verlassen Nadjas
Vater. An seiner Beerdigung nahm von seiner
ehemaligen Familie und den Töchterfamilien niemand
teil.

Mit den im Moment unerwarteten Schwierigkeiten und
Geschehnissen stand anfänglich das Hochzeitsjahr von
Linda und Luc, teilweise nicht unter einem guten Stern.
Die erfreuliche Zurverfügungstellung eines grösseren
Mietzimmers durch die jungen, netten Leuten und das
Geschenk eines gesund geborenen Töchterleins
vermochten die erfahrenen, unerfreulichen Erlebnisse
mehr als wieder gut zu machen. Hier verlebten sie nun zu
Dritt ihre erste familiäre Zeit, in einem grossen Zimmer,
das für sie Stube, Schlafraum und Schulaufgaben-
Studienraum war. Für seine Konstruktions-Semester-
Arbeiten der Schule bastelte Luc mit einem tischgrossen
Spahnholzbrett, Meccano- Rädchen und reissfestem
Zwirn eigens ein eigenes Zeichenbrett mit parallel
verschiebbarer Linealleiste. Damit konnte er sich in einer
Ecke des Wohnraumes ein Arbeitsbüro einrichten.
So begann hier für sie, in kleinen Schritten, unabhängig
elterlicher Hilfe, der Aufbau eines zukünftig sozial
besseren, gesicherteren Lebens.
Das Technikumsstudium, mit dem Ziel eines besseren
Berufseinkommens, war der eine Zweig dazu. Der zweite
Zweig bestand nun für die junge Familie, vordringlich
die Forderung zur weiteren Suche nach einer eigenen
Wohnung von mindestens zwei Räumen, einer eigenen
Koch- und Waschgelegenheit.

Dazu waren auch nötig, eine minimalst notwendige
Möblierung, mit Betten, sowie „Tisch und Stuhl".
Doch es konnte nur eine billige Alt-Wohnung sein.
Mit einem Stellenwechsel Luc's war auch eine kleine
Verbesserung des Lohnes verbunden. Dazu kam noch ein
kleiner Lohnbeitrag durch die Kinderzulage, sodass ein
Mietpreis für eine eigene einfache Wohnung zu
verkraften war. Nach einigem Suchen fand Luc im
1.Stock eines älteren Hauses, im sogenannten
Scherbenviertel der Stadt, eine Zweizimmerwohnung.
Diese war zwar alles andere als komfortabel. Die
Wohnung lag direkt über der im Parterre befindlichen
Metzgerei des Hausbesitzers.
Der Luftzuggeruch verriet es über den ganzen Tag.
Die Fenster zeigten auf eine dunkle, enge Altstadtgasse.
Das Fenster der einfachen, engen, altertümlichen Küche
wies ins Treppenhaus. Visavis befand sich die
Wohnungstür des Hausbesitzers. Diese Tür war meist
offen. Die alte, sehr mürrische und neugierige Witwe,
Mutter des Metzgers, war sehr darauf bedacht, stets alles
mitzubekommen, was Linda kochte, und was sonst noch
in Küche und Wohnung von Linda und Luc so vor sich
ging. Speziell Linda fühlte sich dabei ständig beobachtet,
und erst noch gezwungen, dem Frieden zu Liebe,
Fleischkosumationen nur in dieser Metzgerei zu tätigen.
Lindas Vater, als Selbstständiger, in einem einst mit
Hitler-Deutschland liierten Land lebend, und finanziell
gut situiert, hatte seiner Tochter Linda als
Hochzeitsgeschenk eine Eltern-Schlafzimmermöblierung
versprochen.

Nach umständlichen Zollformalitäten konnte Luc die in Bretterverschläge verpackte Schlafzimmermöblierung auf dem Zollamt abholen. Es war eine Birkenholzgarnitur mit zwei Bettgestellen, zwei Schränken und einer Spiegelkommode. Nun fehlten nur noch Bettgestell-Einlageroste und Matratzen. Bettgestellroste zimmerte Luc aus den Verpackungs-Bretterverschlägen. Zwei Matratzen konnten sie günstig im Brockenhaus erstehen. Die finanziellen Mittel von Luc und Linda waren äusserst knapp. Oft stand Linda vor dem Schaufenster des Coop-Lebensmittelgeschäftes visavis in ihrer Wohnstrasse. Schöne, frische Brote und Weggen waren dort ausgestellt. Und Linda hatte nicht genug Geld sich zwischenhinein davon etwas zu leisten. Hie und konnte Linda als gelernte Verkäuferin in diesem Geschäft als Stunden-Aushilfe etwas Geld verdienen. Unerwartet und überaus überraschend erhielten sie gerade jetzt, wo sie finanziell so knapp dran waren, das Geschenk eines kleinen Gelsbetrages.
Das verhielt sich folgendermassen. Damals, als Luc bis zu seinem 17.Altersjahr noch im Heim seines Bürgerortes untergebracht war, musste er dort, wie bekannt, viel Ungereimtes erleben. Das waren vor allem die lieb- und verständnislosen Behandlungen anvertrauter Jugendlicher, die lediglich als Zöglinge gehalten wurden, durch Heimverwalter und teilweise auch durch Betreuungspersonal. Dazu gehörten sogar harte Züchtigungen mit Lederriemen, Drohungen des Waisenverwalters, Offiziers im Militär, von „Kopf abhauen" mit Säbel, dann strafweises Kopfkahlscheeren.

Oft geschahen ungerechtfertigte Sofortverurteilungen
und Strafmassnahmen bei Problemen mit Schule oder
Lehrmeister, ohne klärende, verständnisorientierende
Rückfragen über das Wie und Warum von beanstandeten
Vorkommnissen.
Zöglingen schenkte man auch nicht die notwendige
Aufmerksamkeit, z.B. zuhanden einer regelmässigen
Durchführung von Schul-Hausaufgaben, und damit auch
keiner Unterstützung zur möglichen Förderung eines
optimal guten schulischen Fortschrittes.

Somit erreichte Keines die Möglichkeit zu einer
Promotion in die Kantonsschule und dessen
Maturitätslehrprogramm. Parallel dazu wurden die
beiden eigenen Söhne der Waisenhausverwaltung bis zu
einem erfolgreichen Hochschulstudium gefördert. Diese
Art von „Jugendbetreuung" war der Stadtverwaltung
schon länger „Ein Dorn im Auge".
Auch realisierte man dort den abrupten Abbruch der
angefangenen Möbelschreinerlehre von Luc und seinen
daraufolgenden Umzug aus dem städtischen Heim zu
seiner Mutter in Seldwila. Nun, nach Bekanntwerden der
Heiratsanzeige von Luc und Linda im Bürgeramt der
Heimatstadt erkundigte sich letztere nach dem
Wohlergehen von Luc. Ein Beauftragter des Sozialamtes
der Stadt besuchte dazu Luc und Linda in Seldwila. Mit
Genugtuung durfte dieser feststellen, dass sich Luc und
Linda gut zu arrangierten wussten und Luc für berufliche
Verbesserung bereits in einer 4 Jahre dauernden
Ingenieurausbildung des Abendtechnikums stand.

Der Stadtgesandte entschuldigte sich auch für die seinerzeitige schlechte Zöglingsbetreuung im städtischen Heim. Mit Genugtuung durfte er feststellen, dass Luc trotz allem einen guten Lebensweg gefunden hatte und sich dafür einsetzte, seriös einer zukunftsreicheren Zeit entgegen zu gehen. Als kleine Momentanhilfe übergab er dem jungen Ehepaar im Auftrage des Bürgeramtes ihrer Heimatstadt einen kleineren willkommenen Geldbetrag.

Erste Jahre familiär-sozialer Entwicklung

In den folgenden Monaten verbesserte sich die soziale Situation der jungen, kleinen Familie zusehends. Weitere, auf Grund der laufend an der Abendschule erarbeiteten Berufsfortbildung, in Abständen erfolgten Stellenwechsel brachten ihnen Lohnverbesserungen. So konnten sie aus dieser nicht gerade angenehmen Altwohunung des Altstadtviertels in eine neuere, hellere Wohnung, und bald anschliessend in eine noch etwas geräumigere und schönere Wohnung in einem Neuquartier der Stadt umziehen.

Bei der neuen Anstellung ausserhalb von Seldwila konnte Luc zur Mittagspause nicht mehr nach Hause gehen. Linda fuhr dann oft mit der Bahn an Luc's Arbeitsort, wo sie dann gemeinsam die von Linda vorbereitete, einfache Mahlzeit zu sich nahmen. Im für die Belegschaft der Anstellungsfirma geführten Laden konnten Luc und Linda günstig diverse Haushalt-Notwendigkeiten, sowie auch sehr gute währschafte Schuhe kaufen.

Das Studium, nach der täglich beruflichen Arbeit am Abendtechnikum, war recht anspruchsvoll und anstrengend. Musste doch das in einem 3-jährigen Ausbildungspensum einer Achtstunden-Tagesschule vermittelte Wissen und Können eines Tagestechnikums hier im Abendtechnikum innerhalb 4½-Jahren im Dreistunden-Abendbetrieb bewältigt werden.

Das bedeutete, nebst der speziellen Beanspruchung durch die Abendschule, nach voller beruflicher Tagesarbeit, eine überaus reduzierte Ausbildungszeit. Das Verhältnis zwichen den zur Verfügung stehenden Unterrichtzeiten von Tagestechnikum und Abendtechnikum war 3:2. Nach Schulschluss, etwas nach zehn Uhr abends, mussten dann bis Mitternacht zu Hause meist noch Détailstudien und Übungsarbeiten erfolgen.
Nicht selten kam es vor, dass Luc, wegen Übermüdung, während seiner Konstruktionsarbeit im Büro, stehend am Reissbrett, einschlief. Wenn dies Kollegen oder gar ein Chef feststellten, haben sie mit viel Verständnis es „gar nicht gesehen". Oft zweifelte Luc, ob er diesen Schul- und Arbeitsstress durchzuhalten vermöge. Wenn er dann manchmal glaubte, es nicht mehr zu schaffen, dachte er jeweils

**„ wenn dem so ist, so spielt es schlussendlich
auch keine Rolle mehr,
in den nächsten Schulstunden einfach ins
Schulzimmer zu sitzen, nur um
wenigstens noch mit Anwesenheit zu glänzen. "**

Und schon fand sich Luc wieder zurecht und konnte dem
Studium wieder weiter folgen. Immer wieder gab es
Studienkollegen, welche diesem Stress nicht gewachsen
waren oder familiär-privat ernsthafte Schwierigkeiten
bekamen. Da wurden Verlobungen aufgelöst oder gar
Ehen geschieden. Oder ein Studium musste wegen einer
durch Beanspruchungstress verursachten Krankheit
vorzeitig abgebrochen werden.
Luc hatte diesbezüglich viel Glück. Einerseits besass Luc
auf Grund seiner seinerzeitigen überaus gesunden
Lebensweise eine starke physische Überlastbarkeit.
Andererseits besass er, wie früher schon erfahren, ein
gutes mathematisches Talent, das ihm das Studium
speziell in den vielen technischen Fächern enorm
erleichterte. Studienkameraden, welche Schulfortschritts-
probleme hatten, konnte Luc sogar noch mit Mathematik-
Nachhilfestunden unterstützen.
Ein grosses, nicht selbstverständliches Geschenk, trotz
fast völligem Ausfall von notwendigen und sehr
gewünschten familiären Gemeinsamkeiten, war für Luc
vor allem die beispiellose Geduld und bedingungslose
Treue und Mithilfe seiner lieben Frau Linda.
Normalerweise mussten die Wochenenden, sowie auch
die beruflichen Ferienzeiten, für Studien- und
Semesterarbeiten zu Hause genutzt werden.
Durchschnittlich stand für familiäre Gemeinsamkeiten
jeweils höchstens ein Wochenende pro Monat zur
Verfügung; die dann Luc und Linda mit Spiel,
Sonnenbaden und netten Kontaktan auf dem FKK-
Gelände „Föhrli" am Storchensee nutzten.

Diese grosse Beanspruchung am Abendtechnikum zeigte sich auch damit, dass schlussendlich nur 18% aller seit Schuleintritt eingeschriebenen Klassenkameraden das Schlussdiplom erreichten.

Mit der Geburt von Töchterchen Theresia kam auch schon der Gedanke, es sollte nicht alleiniges Kind, ohne ein Geschwister sein. Deshalb hätten Luc und Linda nichts dagegen, sollte sich die Erwartung eines zweiten Kindes ankündigen. So wurde Linda 1¾ Jahre später wieder schwanger. Da man wegen dem nicht unproblematischen Blutgruppenunterschied von Luc und Linda, wie schon bei der Geburt von Theresia, mit möglichen Komplikationen zu rechnen hatte, musste Linda jede Woche zur ärztlichen Sicherheits-untersuchung. Theresia war nun bereits 2½-jährig.

Die Geburt ihres zweiten Kindes kam dann unerwartet plötzlich, sodass Luc mit Linda per Taxi ins Spital fahren musste. Linda gebar dann in Narkose und bekam ihr zweites Töchterchen aber erst nach drei Tagen zu sehen. Das einerseits wohl freudige Ereignis eines noch guten Geburtsgeschehens war jedoch etwas getrübt. Der Professor der Geburtenabteilung musste darüber orientieren, dass das Neu-Geborene den Geburtsfehler eines sogenannten Wolfsrachens, das heisst einer oberen offenen Gaumenspalte hatte. Dies bedeutete die Notwendigkeit von späteren Operationen und speziellen Sprachschulungen. Luc und Linda nannten ihr zweites Töchterchen Ramona.

Das Stillen von Ramona war darob überaus problematisch, und so musste es dann noch 14 Tage in der
Klinik bleiben. Während den folgende 5 Monaten
gestaltete sich das Stillen von Ramona extrem schwierig.
Das Meiste was Ramona einnehmen konnte lief ihm
fortwährend wieder zur Nase heraus. Nach dem 5.Monat
konnte Linda der Kleinen mit dem Löffelchen zu essen
geben. Ein selbsständiges Gehen begann Ramona im
11./12. Monat. Sein beginnendes Sprechen war wegen
des Geburtsgebrechens sehr undeutlich und nur von
Linda zu verstehen. Für das Alter von zwei Jahren musste
eine erste Gaumenoperation vorgesehen werden. Und da
die obere Gaumenknochendecke mit dem laufenden
Wachstum eines Kindes nicht normal mitwächst, muss
diese bis zum Ende des Wachstums alle paar Jahre
nachoperiert werden.
Linda, war nun auf Grund des intensiven Schulstudiums
von Luc viel allein, und mit den beiden Töchteren
Theresia und Ramona und dem Haushalt sehr
anspruchsvoll beschäftigt.

Im Moment arbeitete Luc wieder in seiner früheren
Lehrfirma, in dessen Nähe sie auch ihren Wohnsitz
hatten. Auch diese Firma unterhielt einen Verkaufsladen,
indem die Belegschaft viele Artikel, wie auch
momentane Gelegenheitswaren, günstig kaufen konnten.
Hier erwarben sich Luc und Linda, als eine ihrer ersten
grösseren Errungenschaften, einen damals modernen
Radioapparat, ein damals exellentes Produkt der
Radiofirma SABA.

Es war Herbst und der Abschluus des vierjährigen
Technikumstudium erreicht. Noch war das Endziel der
Schlussdiplomprüfung zu absolvieren.. Dazu stand im
folgenden halben Jahr noch die grosse dem Prüfungs-
gremium vorzulegende Diplomarbeit bevor. Luc konnte
stolz sein auf das Notenergebnis der Diplomprüfung.
Dies ganz speziell wegen der Bestnote 6 in Mathematik.
Dies war seit langem von keinem Technikumsstudenten
mehr erreicht worden. Nun suchte Luc mit der erreichten
Berufsbezeichnung Dipl.Ing/HTL eine entsprechende
neue Anstellungsaufgabe.
Die Möglichkeit eines interessanteren beruflichen
Tätigkeitbereiches und einer befriedigenden sozialen
Situation für seine Familie war erreicht. Luc bewarb sich
nun bei drei technischen Firmen. Als erstes erhielt er eine
Vorstellungseinladung von einer namhaften
Elektrogerätefirma in Innerhelvetien; wo er
anschliessend den dort angebotenen Anstellungsvertrag
unterschrieb. Nachträglich erhielt er dann auch noch
eine Zusage von einer Kran- und Hebezeugfabrik. Diese
anerbot ihm und seiner Familie dazu noch ein
Einfamilienhaus zu einem günstigen Mietzins. Dies war
natürlich ein sehr verlockendes Angebot. Leider hatte
Luc den Vertrag bei der Elektrogerätefirma schon
unterschrieben. Was war nun zu tun ?--
Luc setzte sich deshalb mit der Elektrogerätefirma in
Verbindung, erklärte ihr seine neue Situation, mit der
Hoffnung, dass er von dem bereits unterschriebenen
Vertrag zurücktreten könnte. Aus verständlich,
prinzipiellen Gründen lehnte dies die Firma ab.

Sie verlangte von Luc die rechtliche Vertragserfüllung innerhalb der Probezeit und der dabei üblichen 14-tägigen Kündigungsfrist. Die Kran- und Hebezeugfabrik war mit dem dadurch späteren Eintrittstermin bei Ihnen auch einverstanden und so erfüllte Luc die verlangte Probe- und Kündigungszeit.

Luc betrachtete es dabei als eine Ehrensache, bei der Elektrogerätefirma in diesen 14 Tagen, trotz Vertragskündigung, sein Bestes zu leisten. Er erhielt dort mit entsprechenden Daten-Vorgaben den Auftrag zur Konstruktion eines Kleintransformators.

Die Arbeit ging ihm dabei gut vonstatten. Sein dortiger Bürochef, der ab und zu nachschaute, wie sich Luc dabei anschickte, war erstaunt ob dessen seriöser, fachmännischen und speditiven Arbeit.

Nach Ende dieser „Probezeit" bedankte sich dieser Bürochef ganz speziell für Luc's positiven Einsatz trotz der vertraglichen „Arbeitspflicht".

Vor der Verabschiedung schickte man Luc noch zum Direktor dieser Abteilung.

Auch er bedankte sich für Luc's vorbildliches Verhalten und die exelente Konstruktionsarbeit.

Er entlässt Luc mit dem Angebot, dass er sich bei einem späteren Bedarf oder Interesse, jederzeit wieder für eine Anstellung bei ihm melden dürfe.

Für Luc bedeutete dies eine grosse, erfreuliche Genugtuung.

Eine erste, ernste Ehekrise

Jetzt, da mit einer über 4¾-jährigen, sehr arbeitsstrengen
und teils entbehrungsreichen Zeit, ein wichtiges soziales
Ziel erreicht war, zeigten sich nun plötzlich Reaktionen
der Anstauung von physischer Ermüdung und
psychischer Belastung. Es wirkte wie ein Schocktrauma,
das erst einige Zeit nach einem schweren Erlebnis
eintritt. Die lange „Verzichtphase" verursachte nun
Ausfälle von Unzufriedenheit und Empfindlichkeiten im
familiären Zusammenleben. Streitbare Spannungen und
ein entsprechend untragbares, unangenehmes Eheklima
schlichen sich ein. Dabei verhielten sich Luc und Linda,
gemäss ihren verschiedenen Temperamenten, auch ganz
unterschiedlich.
Luc ist eine normalerweise ruhige, sensible Natur, hat
aber bei Streitsituationen Mühe solche moralisch zu
verkraften. Linda hingegen neigte eher dazu, plötzlich,
explosionsartig mit Vorwürfen und Anforderungen
aufzufahren. Dies führte sehr rasch zu einer unerträglich
ehelichen Zerrüttung. Einmal gedachte Luc Linda das
Buch „Die Brüder Karamasow" von Dostojewski zu
schenken. Eigentlich meinte er es gut damit. Sein Fehler
aber war dabei, dass er nicht realisierte, dass sich Linda
für solche dramatische Literatur gar nicht erwärmen
konnte und nach all den Aufwendungen der letzten Jahre
mit einem gewissen Recht eine andere Art von Unter-
haltung erwarten würde. Das Geschenk mit diesem Buch
war für Linda verständlicherweise ein kleiner Schock.
So flog dann dieses Buch umgehend an Luc's Kopf.

Bei Luc löste dies dann den Entschluss zur Einreichung einer Scheidungsklage aus, wozu ihm seine in Scheidungsfragen erfahrene Tante Fanny auch geraten hatte, und zu dessen notwendigen Vorgehen, Hilfe leisten würde. In dieser Situation konnte Luc seitens seiner Mutter Nadja leider keinerlei Hilfe erwarten.

Daher bemühte sich die Schwester Nadjas, Luc's Tante Fanny, Luc für eine bessere Problemlösung beizustehen.
Linda fand dann mit der erst 1¼-jährigen Ramona vorübergehend Logis bei guten Bekannten.
Die bereits 3¾-jährige Theresia konnte quasi ferienweise zu Annemarie und Friedrich, die ehemaligen Leiter des städtischen Lehrlingsheimes, mit denen Luc seit seinem dortigen Lehrlingslogis, und dann auch Linda, stets einen guten freundschaftlichen Kontakt behalten konnten.

So trat Luc seine neue Anstellung bei der Kran- und Hebezeugfabrik an und zog allein in das von der Firma zur Verfügung gestellte Einfamilienhaus ein.

Tante Fanny animierte dann Luc beim Bezug des Einfamilienhauses eine, für eine neue familiäre Beziehung notwendige, Wohnungsmöblierung anzuschaffen. Sie vermittelte ihm den Kontakt zu einer ihr bekannten Möbelfirma, bei der Luc dazu einen Abzahlungs-Kaufvertrag tätigen konnte.
Dies war zu vertreten,
da nun Luc als diplomierter Ingenieur dies,
mit der neuen Anstellung, zu verkraften im Stande war.

Bald fand dann auch, organisiert von Tante Fanny, mit den Anwältinnen beider Parteien, Linda und Luc, sowie Tante Fanny, eine Ausspracheverhandlung statt. Nach Begründung des Scheidungsantrages ergriff Lindas Anwältin das Wort. Diese plädierte, entsprechend dem Wunsche von Linda, für eine Versöhnung. Sie berief sich auch auf die Situation, dass das Ehepaar bereits zwei Kinder hatte, und wie erst neuerdings erkannt, Linda wieder in Erwartung war. Ausführlich schilderte sie die Konsequenzen, welche bei einer Scheidung, speziell für die Kinder und einer eventuell allein erziehenden Mutter entstehen würden. Auch machte sie geltend, dass die ehelichen Beziehungen zwischen Linda und Luc während der bestehenden Streitphase nicht ausgeblieben seien und eine Scheidung daher nicht zur Diskussion sein könne. Luc kam nicht darum, sich über diese Tatsachen ernsthafte Gedanken zu machem. Auch musste er sich wieder bewusst werden, dass man einander bei der Heirat Treue versprochen hatte, und dies lebenslang, stets mit gegenseitigem Verstehen Leid und Freude miteinander zu teilen und zu tragen. Dies war speziell bei der kirchlichen Trauung ein christliches Versprechen. Und dies bedeutete doch, selbst bei schweren Auseinandersetzungen, Steitsituationen oder Vergehen eines Ehepartners, jede Möglichkeit einer Versöhnung, Erhalt der Familie und gegenseitiger optimaler Hilfe zu suchen. Auch Linda war anlässlich dieser Aussprache in jeder Beziehung fair, bedingungslos versöhnlich und zeigte, dass sie immer noch sehr an Luc hielt und ihn nicht verlieren wollte.

So fanden sich Luc und Linda wieder. Tante Fanny war darob, speziell über die nunmehrige Kehrtwende Luc's, sehr enttäuscht. Im Stillen mahnte Luc auch eine innere Stimme an die christlichen Belehrungen durch die geist-christlichen Vorträge beim Spirituellen Freundeskreis. Es betrifft dies das Wissen, dass es der Sinn von im Leben aufkommenden Schwierigkeiten ist, diese nach bestem Wissen und Gewissen zum Guten zu lösen und zu erfüllen, und nicht einfach ungelöst auszuweichen, gar davonzulaufen. Leider gibt es andererseits auch Ehe-zerwürfnisse, begleitet von Verhalten, bei denen keine positive Änderung mehr erwartet werden kann, und wo sich das weitere Leben für mindestens einen Partnerteil absolut unzumutbar, katastrophal entwickeln würde.

Bei Ehezerüttungen, wo sich dies nicht in derart extremer Weise entwickelt hat, darf eine hoffnungsvolle Versöhnung und Verbesserung zu einem verständnis-vollen Zusammenleben nicht ausgeschlossen werden. Der tiefere Sinn von aufkommenden Verständnisproblemen ist doch ein Lernprozess für ein gegenseitiges Entgegenkommen mit angebrachten Kompromissen. Solches dient stets einer charakterlichen Stärkung und gutem Willen zu vorbildlichem Gemeinschaftsverhalten, also ein echt christliches Gebot. Schwere Not, auf Grund nicht gelöster, dauernder Zerwürfnisse mit erstrittenem Einzelleben, speziell bei allein erziehenden Eltern und der dadurch meist mangelhaft betreuten Jugend, findet man heute in Helvetien leider immer häufiger.

Die Anzahl von Scheidungen nehmen laufend zu, und
damit auch die Fehlentwicklung bei deren Kindern,
welche oft nicht in einem trauten Zuhause, sondern viel
auf der Strasse mit ihresgleichen aufwachsen. Luc hat in
seiner Jugendzeit selbst erlebt, was es heisst, nicht im
Schoss einer eigenen trauten Familie aufwachsen zu
können.
So kam Linda ein paar Tage später ins neue Heim zu
Luc. Anschliessend holten sie dann ihre Kinder Theresia
und Ramona nach Hause. Annemarie und Friedrich
beglückwünschten dazu das wieder versöhnte und
vereinte Elternpaar, mit den besten Wünschen für ihre
weitere Zukunft.

Hier von ihrem neuen Wohnort aus besuchten Linda und
Luc an Wochenenden oft nun das FKK-Gelände im nahe
gelegenen Gebirgszug; denn das Gelände am Storchensee
war nun zu weit weg.
Für die Kinder waren dies stets willkommene,
abwechslungsreiche Tage. Im geschlossenen, aber
grossen Gelände, konnten sie sich nach Lust und Laune
unbeschwert frei umtun, mit anderen Kindern spielen,
tummeln und baden. Und für Linda und Luc war es
Entspannung und angenehme Kontaktpflege mit
Familien, mit denen man sich damit oft wieder treffen
konnte.

Als Krönung eines in diesem Jahr wieder gefundenen
guten Familienlebens gebar Linda ein gesundes drittes
Töchterlein, das Elisa genannt werden wollte.

Sieben-½ Jahre am neuen Wohnort

Die Familie hatte nun ein angenehmes Zuhause in einem
wohl kleinen, aber netten Einfamilienhaus und für den
Vater eine technisch anspruchsvolle, beruflich erfüllende
Tätigkeit.
Der Lohn von Luc, dem Vater, war zwar noch nicht all zu
gross. Aber die Familie konnte, trotz der, für den kürzlich
abgeschlossenen Möbel-Abzahlungsvertrag noch
laufenden Abzahlungsverpflichtung, damit recht gut
leben und sich hie und da auch etwas Extranes leisten.
Als Pilzkennerin ging Mutter Linda frühmorgens oft,
noch bevor Vater und Kinder aufstanden, in den nahen
Wald und bereicherte so die familiären Mahlzeiten.
Linda fand gute Kontakte im Dorf; und beteiligte sich
auch im Trachtenchor. Linda war eine gute
Zitherspielerin.
Hie und da musizierte sie in einer nahen Zithergruppe.
Luc gründete zusammen mit Dorfbekannten eine
Schachgruppe, welche sich regelmässig zum
Schachspielen traf. Linda und andere Frauen des Dorfes
beteiligten sich auch gerne dabei. Luc gab für
Neuanfänger Schachkurse und baute hiezu mit einem
Schachkameraden ein grosses Demonstrationsbrett.

Das so recht befriedigende Familienleben war natürlich
auch nicht verschont von unangenehmen oder gar
schmerzhaften, unausweichlichen Geschehnissen, wie sie
das Leben allerorts hie und da mit sich bringt.

Da war zum Beispiel, wie bekannt, das Geburtsgebrechen der inzwischen bereits zweijährigen Ramona., das für die Familie laufend spezielle Aufgaben brachte.

Nun war Ramona in dem Alter in welchen sie zur ersten altersbedingten Gaumenspalten-Operation in den Spital gebracht werden musste. Solche Operationen konnten leider nur im grossen Stadtspital von Seldwila gemacht werden. Beim Eintritt in das Spital war Ramona sonst gesundheitlich in bester Verfassung. Dabei wünschte der Spital eindringlich, dass Ramona, während der langen Zeit der Genesung nach der Operation, nicht besucht werde. Offenbar befürchtete man beim Kind ein Eintreten von starkem Heimweh, begleitet von nachhaltigem Weinen, das der Heilung der operierten Gaumenspalte schädlich gewesen wäre. Auch war eine Fahrt zum Spital in die grosse Stadt eine umständliche Tagesreise und wäre nur in sehr beschränkten Rahmen möglich gewesen.

Psychisch bewirkte dies hingegen bei Ramona eine bleibende seelische Enttäuschung. Als Ramona wieder aus dem Spital abgeholt werden konnte war sie nicht mehr dieselbe. Ihr Blick verriet, dass sie sich verstossen fühlte. Ihre ersten Worte an Mutter waren :
„Mami, warum kamst Du nie ?"
Auch war Ramona im Gegenteil zu ihrer gesundheitlichen Verfassung bei Spitaleintritt nun abgemagert und bleich.

Kurz nach dem Spitalaufenthalt von Ramona starb Oma, Luc's Grossmutter mütterlicherseits.

Oma war eine sehr religiöse Frau und las regelmässig in der Bibel. Ein von ihr geliebter und auch gelebter Wahlspruch hiess: „Prüfe alles und behalte das Gute!" Zeitweise wohnte sie in ihren letzten Jahren auch in einem Zimmer bei ihrer Tochter Nadja, meist aber bei ihrer jüngeren Tochter Fanny. Luc erinnert sich an die Zeiten da Oma ihn einige Male zu den Versammlungen der Jehovas Zeugen mitgenommen hatte. Dabei hat sie aber nie, auch nicht im Geringsten, irgendwelchen „Glaubensdruck" auf Luc ausgeübt. Leider hatte es Luc nicht realisiert sie vor dem Sterben nochmals zu besuchen. Warum, konnte er es sich nachträglich auch nicht mehr erklären, und dies war ihm gar nicht recht. Denn trotz der längeren Fahrt in die grosse Stadt zu ihr ins Spital wäre dies Luc möglich gewesen. Oma hat dies, wie er später noch vernahm, im Sterbebett erwähnt und sehr bedauert.

Luc musste nun feststellen, dass trotz abgeschlossenen Ingenieurstudium, ständig Weiterbildung notwendig wurde. Die Entwicklung von Wissenschaft und Technik machten laufend riesige Fortschritte. Speziell die Schwachstromtechnik und damit die Elektronik fanden immer mehr Anwendungen in der technischen Wirtschaft. So entschied sich Luc zu einem Fernmelde- und Elektronik-Ausbildungskurs. Dies wurde ihm möglich mittels einem zwei-jährigen Intensivfernkurs, den er dann erfolgreich mit Diplom abschloss.

Die berufliche Tätigkeit brachte es mit sich, dass Vater Luc je länger je öfters auf Bauplätze fahren musste. So entschied er sich die Fahrprüfung zu machen, damit er solche Fahrten zukünftig per Auto durchführen konnte. Der Fahrlehrer war stets unfreundlich, mürrisch und schimpfte andauernd. Mit seiner äusserst empfindlichen Natur, vermochte Luc dies nicht dauernd zu ertragen. So hielt Luc einmal beim Fahren an und erklärte ihm, dass er ab sofort zu einer anderen Fahrschule gehen würde, wenn er mit dieser Schimpferei nicht aufhöre. Das wirkte. Hingegen wollte der Fahrlehrer Luc nicht so bald zur Prüfung lassen, weil er meinte, Luc würde eine solche noch nicht bestehen.

Luc bestand hingegen darauf, dass man ihn umgehend zur Prüfung anmelde. Dann tat man dies und Luc bestand die Prüfung ohne Probleme, denn mit dem Prüfungsexperten hatte er keinen nervösen, misstimmigen Mitfahrer neben sich.

Ramona war jetzt schon 6 Jahre alt. Es kam damit die Zeit, dass Ramona wegen den durch das Geburtsgebrechen verursachten grossen Sprechschwierigkeiten in eine Kindersprachschule gegeben werden musste. Ihr Sprechen war ohne Resonanz und teilweise nur ein undeutliches Stammeln. Eine solche Sprachschule gab es in der Nähe nicht und so musste man Ramona für eine längere Zeit in die Sprachheilschule der grossen Stadt Seldwila bringen. Dort durfte man Ramona nur alle zwei Monate einmal besuchen. Das Abschiednehmen nach solchen Besuchen war stets ein kleines Drama.

Ramona verzog sich jeweils in eine Ecke und weinte bitterlich. Ramona fühlte sich sehr unglücklich in dieser Sprachheilschule und reagierte deshalb stets sehr zurückhaltend. Die Schwestern des Sprachschulheimes verstanden es offenbar nicht mit den Kindern gefühlvoll genug umzugehen. Die betreuende Schwester schrieb lediglich nur anklagende Briefe nach Hause, dass Ramona nicht wie gewünscht reagiere und dafür stets nur bestraft werden müsse.

Im gleichen Jahr gebar Linda das vierte Kind, ein Knabe; den sie David tauften. Linda und Luc hatten sich schon lange gewünscht, dass sie bei einer neuen Schwangerschaft einen Knaben erhalten dürften. Als Überraschungsgeschenk kaufte ihr Luc eine moderne, vielseitig verwendbare, sehr robuste Küchenmaschine.

Anschliessend an die Sprachheilschule musst Ramona zur zweiten Gaumenspaltenoperation wieder in das Spital. Da das Gehör bei Kindern mit Gaumenspalten, speziell wegen dem nach oben geöffneten Gaumen, bei Verkältungen stark gefährdet ist, wurde Ramona dieses Mal auch von einem Ohrenarzt untersucht. Leider stellte er, wie befürchtet war, bereits eine 50%-ige Schwerhörigkeit fest. Nach der zweiten Operation musste Ramona wieder für eine Zeit in die Sprachheilschule, wo sie nun recht gute Fortschritte machte. Dies war nun bereits das vierte Mal dass, Ramona wegen ihrem Gaumenspaltengebrechen für kürzere oder längere Zeit, nicht Zuhause in ihrer Familie sein konnte.

Dabei entfremdete sich Ramona gegenüber der Familie immer mehr. Gut gemeinte Zärtlichkeiten liebte sie gar nicht; wies solche stets ablehnend zurück. Man konnte nur hoffen, dass sich dies mit der Zeit wieder ausheilen würde.

Eines Tages erhielt Luc unerwarteterweise ein Telefon vom Abendtechnikum, in welchen er vor fünf Jahren sein Ingenieurdiplom abgeschlossen hatte. Auf Grund seines damals ausserordentlich guten Diplomabschlusses im Fach Mathematik wurde er angefragt, ob er bereit wäre bei ihnen im Fach Mathematik zu unterrichten. Das war für Luc wohl eine sehr überraschende Anfrage. Aber die hiezu lange Fahrzeit von mindesten 1½ Stunden zur Schule, jeweils bei Nacht hin und zurück, und dies mehrmals pro Woche, wäre zu aufwendig gewesen. Mit grossem Bedauern musste Luc hiezu absagen. Diese Anfrage veranlasste dann aber Luc, sich, mit Hinweis darauf, sich am viel näheren Ort des Abendtechnikums von Innerhelvetien zu erkunden, ob dort eine solche Tätigkeit möglich wäre. Im Moment hatte dessen Schulleitung aber gerade keine Vakanz im Mathematikunterricht. Da Luc als Konstrukteur in einer Kran- und Hebezeugfabrik tätig war fragte sie ihn an, ob er bereit wäre vorerst im Fach Hebezeugtechnik zu unterrichten. Luc nahm dies gerne an. Bei seinem seinerzeitigen Studium hatte er bis zum ersten Vordiplom in der Abteilung Maschinenbau die Fächer Statik und Festigkeitslehre besucht und war deshalb in der Lage im Fach Hebezeugtechnik zu unterrichten.

Im Hinblick auf eine nach einem Jahr noch weiterer
Lehr-Anstellung für das Fach Mathematik besuchte Luc
nun an der Volkshochschule von Seldwila die
wöchentlichen Vorlesungen in höherer Mathematik. Das
bedeutete für Luc selbst ein wesentlich tieferes Studium
mit entsprechenden Schulstundenvorbereitungen.
Luc pflegte dann jeweils zu sagen, dass er in diesen
Unterrichtsvorbereitungen wahrscheinlich selbst mehr
gelernt habe, als was er seinen Schülern beizubringen
hatte. Allein die Aufgabe
„Wie sag ich es meinen Schülern ?", brachte ihm viel
entsprechende Erfahrung und Freude am Erfolg.

Ein anderes markantes Geschehen führte zu einer neuen
beruflichen Entwicklung Luc's und dabei zu einer
zukunftsträchtigen Wohnortsveränderung. Ein
Geschehen, das durch anfänglich tragisches Unglück, mit
zu befürchtenden negativen Folgen, schlussendlich zu
einer wesentlich sozialeren Verbesserung und Sicher-
stellung der Familie führte. Wie schon oft musste Luc,
wegen einer Betriebsstörung an einer grossen
automatischen Betonieranlage, zu einem in den Alpen
befindlichen Staumauer-Bauwerk fahren. Aus zeitlichen
Gründen musste er schon um 6 Uhr früh mit einem
Geschäftswagen losfahren. Es war Frühjahrszeit, noch
dunkel, streckenweise mit Tiefnebel. Die Fahrt führte
auch über einen unbewachten Bahnübergang. Dieser war
nur mit einem Andreaskreuz angezeigt. Das Bahntrasse
war beidseitig mit niederem Laubgebüsch umzäunt, das
aber in dieser Jahreszeit kein Laub mehr trug.

Beim normalen Hinsehen wäre ein herannahender Zug zu
sehen gewesen, wenn nicht tiefer Nebeln die Sicht
getäuscht hätte. Dies führte zu einem schweren Unfall.
Das Protokoll des Polizeikommandos lautete dann :

*„Ein Automobilist fuhr um 7.10 Uhr zur Einmündung in
die anschliessende Hauptstrasse. Dort machte er beim
Stoppsignal den vorgeschriebenen Halt und fuhr darauf
gegen das Bahntrasse. Es herrschte dichter Nebel,
sodass der Automobilist den kommenden Zug nicht
beachtete. Er fuhr direkt in die linke Vorderseite der
Lokomotive. Durch den Anprall wurde der
Personenwagen zurückgeschleudert und der Lenker aus
dem Wagen geworfen. Er erlitt dabei eine
Hirnerschütterung und verschiedene Riss- und
Quetschwunden am Kopfe. Auf Anweisung des am
Unfallort erschienenen Arztes wurde der Verletzte mit
dem Pikettwagen der Polizei ins Staatsspital überführt.
Der Sachschaden übersteigt 4000 Fr. Dieser Unfall zeigt
erneut die grosse Gefährlichkeit der unbewachten
Bahnübergänge, speziell bei unsichtiger Witterung.
Dieser Fall, der viel schwerere Folgen hätte mit sich
bringen können, sei ein mahnendes Beispiel für alle
Verkehrsteilnehmer an diesem Bahnübergang. „*

Luc war nun also im Spital. Seine Anstellungsfirma
wurde von der Polizei informiert. Die Reaktion der Firma
präsentierte sich nun wie folgt:
Zuerst ging sie zu derjenigen Garage bei der das nun
geschädigte Auto deponiert war.

Sie interessierten sich im Moment nur für den
Autoschaden. Dort konnten sie zu ihrem Bedauern nur
noch einen unreperierbaren Totalschaden feststellen.
Luc's Bürochef ging zu Linda nach Hause, orientierte sie
kurz und wollte vor allen Dingen nur wissen, was für
Versicherungen Luc und Linda hatten. Niemand war
bereit Linda zuhanden eines Besuches zu Luc, in den
Staatssspital zu führen. Linda musste dann den
umständlichen Weg per Bahn und Bus zum Spital allein
unter ihre Füsse nehmen. Dieses Erlebnis führte dann,
nachdem Luc wieder geheilt nach Hause gehen konnte,
zu einigen, wie die Zukunft zeigen wird, fruchtbaren
Erkenntnissen, Überlegungen und Neubeurteilung Luc's
über die Firma. Die Anstellungsfirma hatte weder eine
einigermassen genügende Pensionskasse, noch eine
finanzielle Witwenabsicherung. Ein Todesfall hätte für
Linda und den vier Kindern infolge dieses
Versicherungsmangels eine schlimme Zukunft gebracht.
Für die Familie bedeutete dies, dass Luc eine andere
Anstellung bei einer sozial besser versichernden Firma
anzunehmen bereit wäre, sobald sich eine passsende
Gelegenheit zeigen würde. Vorerst versah Luc seinen
Dienst nach bestem Wissen und Gewissen bei dieser
Firma weiter und erfüllte weiterhin seine geschätzte
Lehrtätigkeit in der Abendschule.

Für die Erleichterung seiner Fahrten zur Abendschule
und auch der familiären Besuche im FKK-Gelände
kauften sie sich jetzt günstig einen Occasions-VW.

Die Nachbarn waren zwar erstaunt, dass sie sich so kurz nach diesem schweren Unfall ein eigenes Auto leisteten. Dazu philosophierte Luc dann mit Humor, dass ihm nun nach einer Wahrscheinlichkeitsrechnung so bald nicht ein weiterer Unfall passieren würde.

Schon kündigte sich die Geburt eines fünften Kindes an. Es war ein viertes Mädchen, das sie Evelin tauften. Das freudige Ereignis war mit einem kleinen Wermutstropfen verbunden. Der Arzt stellte fest, dass sich bei Evelin, ähnlich wie bei Ramona das Geburtsgebrechen einer oberen Gaumenspalte zeigte. Diese war allerdings minim und dermassen, dass die Gaumenhaut geschlossen war. Es musste sich erst im laufenden Wachstum zeigen, wie weit dies Probleme bringen würde.

Bessere Anstellung im Gebiet von Reiken

Ein Telefonanruf, der einen grossen Wandel mit sich brachte. Vor zirka einem Jahr nahm Konrad, einer von Luc's Berufskollegen, eine neue Anstellung in einem grösseren pharmazeutischen Betrieb in Reiken an.
Es war gegen Ende August. Linda weilte seit der Geburt von Evelin noch im Wochenbett in der Geburten-abteilung.
Da meldete sich Konrad telefonisch aus Reiken und orientierte Luc über eine Stellenausschreibung eines grösseren Chemiebetriebes in Reiken. Dieser suchte für die Instrumentierungsgruppe der Ingenieurabteilung, möglichst auf Anfang November, einen Elektrotechniker.

Luc müsste bei Kündigung seiner jetzigen Anstellung
eine zweimonatige Kündigungszeit beachten.
Für eine Bewerbung nach Reiken würde jetzt die Zeit bis
Ende August überraus knapp.
Luc entschied sich zu einer sofortigen Anfrage.
Frühmorgens des folgenden Tages telefonierte Luc mit
dessen zuständigen Personalabteilung.
Dabei vereinbarte man, dass Luc noch am selben Tage
zur persönlichen Vorstellung nach Reiken reiste. Es war
der zweitletzte Tag im August. Das Vorstellungsgespräch
gestaltete sich sehr positiv. Für den Fall einer entgültigen
Anstellungszusage seitens der Firma würde sie noch am
späten Nachmittag einen umgehenden telefonischen
Entscheidungsbericht geben.

Dann kam das Telefon mit der Anstellungszusage.

Luc fuhr deshalb noch am selben Abend zu Linda ins
Spital um Ihre Meinung dazu zu erfahren. Linda war,
schon auf Grund der schlechten Behandlungserfahrungen
seitens der Firma, anlässlich des vergangenen
Autounfalles, für einen solchen Wechsel sofort
einverstanden. Dies obschon sie im Moment noch im
Wochenbett lag und in nächster Zeit mit den nun bereits
fünf Kindern viel Arbeit zu erwarten hatte.
Nächsten Morgen, am letzten Tag des Monats, erklärte
Luc der Firma telefonisch seine Anstellungsbereitschaft
und kündigte umgehend schriftlich seine bisherige
Anstellung bei der jetzigen Firma auf Ende Oktober.

Damit standen Linda und Luc viele
Vorbereitungsarbeiten bevor. Zum einen musste eine
neue Wohnung, möglichst in Reiken oder deren
Umgebung, gefunden werden. Das jetzige
Einfamilienhaus konnte, im Gegensatz zur beruflichen
Anstellung, nur auf drei Monate gekündigt werden.
Dieses musste bis zur Schlüsselabgabe sauber gereinigt
und schadlos vorbereitet sein.

Der Unterricht am Abendtechnikum konnte vorderhand
weitergeführt werden, obschon die Fahrt Reiken-
Innerhelvetien wesentlich aufwendiger war. Luc
entschied sich dazu, die Mathematikklasse noch zwei
Jahre, bis zu deren Schlussdiplom, weiter zu
unterrichten.
In Reiken fanden sie dann, in einem gerade im Bau
befindlichen Hochhaus, auf den Einzugstermin des
1.Oktobers eine 2½-Zimmerwohnung. Eine grössere
Wohnung, mit einem normal erschwinglichen Mietpreis,
war in dieser kurzen Zeitspanne kaum zu finden. Linda
und Luc mussten sich darauf einstellen dies als
Übergangslösung anzunehmen. Luc und Linda waren sich
bei ihrem Entscheid des Stellenwechsels bewusst, dass
dies eine schwierige und anstrengende Übergangszeit,
mit eventuell nicht realisierbaren Problemen bringen
wird. Vorteile einer anspruchsvolleren beruflichen
Tätigkeit und einer sozial besseren, sicheren Situation
überwogen bei weitem die in einer Übergangszeit zu
bewältigenden Probleme. Hier passte das Sprichwort :
"Jede Geburt hat ihre Wehen!"

Erste unerwartete Schwierigkeiten ergaben sich am
Einzugstermin der neuen Wohnung. Bei der ersten
Besichtgung des neuen im Bau befindlichen
Wohnhauses hatte Luc einige Zweifel, dass ihre
vorgesehene Wohnung termingerecht fertiggestellt
werden könne. Einen Monat vor Einzugstermin, und zwei
Wochen vorher nochmals, erkundigte sich Luc
telefonisch beim Bauherr darüber. Stets versicherte man
ihm, dass es diesbezüglich keine Probleme geben und die
Wohnung termingerecht fertig sein würde. Dieselbe
Antwort erhielt Luc auch zwei Tage vor Einzugstermin.

So schritt man beruhigt termingemäss zum Umzug. Dies
gestaltete sich als eine etwas waghalsige Unternehmung.
Der Möbelwagen der angeheuerten Umzugsfirma,
eigentlich ein Möbelgeschäft des alten Wohnortes, war
etwas zu klein. Nach dem vollen, hinten geschlossenen
Wagen mussten noch zwischen Ladetreppe und
Ladetüren diverse Kleinutensilien eingeklemmt
eingebunden werden. Es sah aus wie ein Zigeunertross.
Auch musste zum Transport restlicher Habe auch der
eigene VW-Käfer herhalten. Dessen Gepäckträger war
dabei derart überladen, dass Wagen und Ladung fast die
doppelte Höhe ab Boden erreichte.
Das grösste Problem dabei war die erhöhte Zentrifugal-
wirkung beim Durchfahren von Kurven, ganz speziell bei
dem kurvenreichen Pass über die Voralpen nach Reiken.
Luc fuhr den so beladenen VW selbst und benötigte dazu
den höchstmöglichen Einsatz seines technischen
Fingerspitzengefühls.

Endlich angekommen erwartete sie die grosse, vorgangs
befürchtete Überraschung. Die Wohnung war bei
längstem noch nicht einzugsfähig. Fenster und Türen
waren noch nicht fertig eingebaut. In Badezimmer und
WC waren WC-Schüssel und Lavabos noch nicht
installiert. In der Küche fehlte noch jegliche
Kochgelegenheit. Der noch nackte Wohnungs-
Betonboden war dick bedeckt mit Bauschmutz.
Ein Einzug war absolut undenkbar; schon gar nicht für
Linda mit dem neugeborenen Baby. Der zukünftige
Hauswart, der für diese Situation in keiner Weise
verantwortlich sein konnte, setzte nun mit seiner Frau
alles in Bewegung um Luc's Familie, bis zur
Fertigstellung der Wohnung, eine einigermassen
akzeptable Unterkunft bieten zu können. Zuerst wurden
die Dreckböden mit Wellkarton abgedeckt, sodass man
wenigstens die geschlossenen Verpackungskisten in
einem Raum deponieren konnte. Zur Sicherheit wurde
zum Abschliessen der Wohnung noch schnell die
Wohnungstür eingebaut.
Vier Stockwerke höher gab es eine fast fertiggstellte
Wohnung, in der man notdürftig überleben konnte und
die man Luc's Familie für die Übergangszeit zur
Verfügung stellte. Man konnte dort übernachten und das
Notwendigste kochen.
Zum grössten Teil aller Tage dieser Übergangszeit nahm
die Frau des Hauswartes Linda mit ihrem Kleinen stets zu
sich in die Wohnung. Dabei überbrückte Linda diese
aussergewöhnliche Lage mit unglaublicher Geduld und
Tapferkeit.

Luc selbst war ja tagsüber nicht lange zu Hause. Nach der täglichen beruflichen Arbeit in der neuen Anstellung musste er abends noch weiterhin zum Unterricht ins Abendtechnikum von Innerhelvetien fahren. Zwei Wochen später konnte die Familie dann in der endlich fertig gestellten, gemieteten Wohnung einziehen.

Ende November musste dann noch das bisher gemietete Einfamilienhaus abgeben werden. Dies war aber leider nicht möglich ohne dass man Luc von Seiten der bisherigen Firma, Vermieterin des Hauses, unnötige Schwierigkeiten bereitete. Da wurden unangebrachte oder übertriebene Reinigungs-Anforderungen gestellt und vorerst die Wohnungsabnahme verweigert. So wurde zum Beispiel der Schmutzbelag in der inneren Seite der Küchenlavabo-Ableitungsrohre beanstandet. Luc bemühte sich dann, einem Verabschiedungsfrieden zuliebe, ganz speziell solche Verlangen zu befriedigen. Für die Innenreinigung des Abwasser-Ableitungsrohres verwendete er ein an einem langen Draht befestigten Rohrbesen. So endeten dann schliesslich die grossen „Geburtswehen" dieses Ortswechsel-Unternehmens.

Nun verblieb es noch die zu erwartenden „Nachwehen" zu überstehen. Denn man hatte, wie sich die siebenköpfige Familie zum Voraus schon bewusst war, so bald als möglich eine grossräumigere Wohnung zu suchen.

An der neuen Arbeitstelle hatte Luc sich schon gut
eingelebt. Mit seiner schon 16-jährigen praktischen
Erfahrung in der technischen Branche konnte er sich hier
erfolgreich einsetzen. Dies umso mehr, da sein Chef, ein
Dr.Ing. aus der Hochschule, keine Praxis über optimale
zeichentechnische Vorgehen besass. Im Büro seines
Chefs hing für die Steuerung eines neuen Chemie-
Verfahrensprojektes eine technische Schemazeichnung,
die sich wie eine grosse Leinwand, beim rechten
Türrahmen beginnend, den Bürowänden entlang, über die
Fensterfront, endlos ringsherum, bis zum linken
Türrahmen erstreckte. Luc machte dann den Vorschlag
diesen Plan in einzelne, gut zu handhabende Schematas,
versehen mit Koordinatenangaben für die gegenseitigen
Schemablatt-Zusammengehörigkeiten, umzuzeichnen. So
führte Luc ein optimales Zeichensystem ein. Bei diesen
Schematas gab es stets diverse charakteristische
Regelkreissymbole. Dazu baute Luc einen grösseren
Stempelsatz, womit man sich wiederholtes Zeichnen
gleicher Regelkreissymbole ersparen konnte. Aus seinen
bisherigen Arbeiten für automatische Betonmischer-
Steuerungen hatte Luc Erfahrungen für optimale
Auslegungen und Kombinationen von umfangreicheren
Steuerungen. Zu dieser Zeit wurde auch ein neues
mathematisches System zur Entwicklung komplizierter
Steuerungen, die sogenannte Schaltalgebra, bekannt. Im
Interesse, sich in seiner Steuerungstechnik
weiterzubilden, besuchte Luc dazu einen angebotenen
Kurs einer bekannten, grossen Elektroapparatefirma in
Osthelvetien.

In dieser Zeit orientierte ihn sein Chef, dass er aus
Amerika, für die Steuerung eines neuen
Chemieverfahrens, ein spezielles pneumatisch-
elektrisches Programmgerät gekauft hätte. Nur beständen
da Schwierigkeiten dasselbe wunschgemäss zu
programmieren. Das Programm sollte verschiedene Arten
von Teilprogrammen, wie zum Beispiel für Anlagestart,
verschiedene Störungsbehebungsabläufe und ein
Abstellprogramm durchführen können.
Wegen dem Projekttermin war dessen Lösung dringend.
Trotz allen Versuchen des Chefs das gewünschte
Programm zu konzipieren, scheiterten. Luc schlug ihm
dann vor, man möchte ihn mit diesem Problem
beauftragen. Aber der Chef traute dem nicht und
befürchtete, dass dies in einem Versagen enden würde.
Andererseits aber übergab der Chef das Gerät in die
Elektrowerkstatt, das Problem zu lösen. Aber leider auch
ohne Erfolg. In zwei Wochen sollte das Chemie-
Verfahrensprojekt in Betrieb genommen werden. Luc
erinnerte dann seinen Chef an das ihm seinerzeit schon
gemachte Angebot, sich diesem Problem anzunehmen.
Der Chef zögerte. Aber in seiner hierüber zunehmenden
Verzweiflung kalkulierte er zum Schluss warscheinlich,
dass man ohnehin ein anderes Steuerungsvorgehen
vorsehen müsste. So könnte es nun keine Rolle mehr
spielen, wenn das Gerät durch Luc's Eingriffe noch
völlig unbrauchbar werden würde. Es war an einem
späten Nachmittag, als man ihm das Gerät auf seinen
Arbeitspult stellte. Zuerst musste er aber noch zu seinem
Schaltalgebra-Abendkurs fahren.

Während der Zugfahrt analisierte und skizzierte Luc dieses Problem. Zu Hause liess ihn dasselbe nicht mehr los. Am nächsten Morgen früh, erwachte er mit einer Lösungsvision. Im Geschäft beschaffte sich Luc in der Elektrowerkstatt eine Rolle Elektrodraht. Er nahm das Gerät restlos auseinander und entfernte dessen gesammtes Verdrahtung-Eingeweide. Schon erschien der Chef, zu sehen, was Luc nun mit dem Gerät macht. Das komplett entkabelte Gerät sehend erschrak er und ging wortlos wieder weg. Luc verdrahtete alles gemäss seiner Vision. Kurz vor Mittag erschien sein Chef wieder, aber jetzt in Begleitung des höchsten Abteilungschefs. Luc hatte gerade den letzten Draht angeschlossen. Die Chefs forderten Luc auf das Gerät jetzt in Betrieb zu setzen. Luc meinte zwar, er hätte jetzt das neu verdrahtete Gerät aber noch nicht austesten können.

Nun tat man dies gemeinsam. Zum Erstaunen aller funktionierte das Gerät nicht nur gemäss Wunsch, sondern erfüllte auch noch zusätzlich willkommene Sicherheitsfunktionen für das vorgesehene Chemie-verfahren. Darauf gingen die zwei Chefs wortlos aus Luc's Büro. Mit solchen Einsätzen war Luc auch gleich entsprechend geachtet und geschätzt.

Die Fahrt von Reiken zum Besuch des FKK-Geländes war nun etwas zu weit und in der Nähe bot sich eine andere Gelegenheit. So wurde die Familie Mitglied im FKK-Verein „Dreiländerecke". Gleichzeitig trat Linda als Mitglied der Helvetienschen FKK-Vereinigung bei.

Wegen der 50%igen Schwerhörigkeit hatte Ramona, jetzt in der 2.Primarschulklasse, gehörmässig zu grosse Schulungsprobleme. Deshalb wurde Ramona in die Schwerhörigensonderschule des benachbarten Freistaates Godien eingeführt. Diese Notwendigkeit hatte man schon während der 1.Schulklasse festgestellt, musste aber 1½ Jahre auf einen freien Platz warten. Ein Jahr nach ihrer dortigen Einschulung erhielt Ramona einen Hörapparat.

Zum Ziel einer geräumigeren Wohnung schlug Linda vor, eine Möglichkeit zum Kauf eines Einfamilienhauses in Betracht zu ziehen. Nachdem man aber, mit dem bisherigen Lohn aus der verlassenen Arbeitsstelle und mit einer inzwischen siebenköpfigen Familie, keine Ersparnisse machen konnte, war ein solches Vorhaben noch nicht zu realisieren.

Linda jedoch interessierte sich immer wieder dafür, sich trotzdem auf dem Markt kleiner Einfamilienhäuser umzusehen. Gegen sonntägliche Spazierfahrten mit Besichtigungen von zum Verkauf ausgeschriebenen Einfamilienhäusern erhob Luc keine Einwände. Schliesslich war man an der frischen Luft gewesen und konnte wenigstens von einem Eigenheim träumen.

Nun waren sie bereits das zweite Jahr in der kleinen als Überbrückung gedachten Wohnung. Linda musste nun feststellen, dass sie seit kurzem, warscheinlich seit 3-4 Wochen, wieder schwanger war. Das passte aber gar nicht in die vorhandene Situation.

Für die bereits siebenköpfige Familie, war die im
Moment noch zur Verfügung stehende Wohnung von nur
2½ Zimmern viel zu klein. Andererseits war die
Arbeitsbelastung für Linda bereits schon zu gross. Ein
sechstes Kind durfte nicht auch noch hinzukommen.
Linda konsultierte umgehend ihren Hausarzt. Linda und
Luc sahen sich nun konfrontiert vor der moralisch-
ethischen Rechtfertigung eines
Schwangerschaftsabbruches. Gemäss ärztlicher
Orientierung vollzieht sich in den ersten zwei
Schwangerschaftsmonaten erst eine vorbereitende
Organentwicklung eines Embrios. Eigenlebenszeichen
eines später zum Fetus entwickelten Embrios treten erst
ab dem fünften Schwangerschaftsmonat ein. Und auch
auf Grund von religiösen Erkenntnissen Luc's ist vor
dem Abschluss des dritten Schwangerschaftsmonats noch
kein fetuseigenes Leben vorhanden. So entschieden sich
Linda und Luc zum Abbruch der Schwangerschaft.
Luc erkundigte sich bei der Stadtgemeinde; denn er hatte
vernommen, dass es dort ein Amt gibt, das berechtigt
begründete Schwangerschaftsabrüche amtlich bewilligt.
Nach eingehender Situations- Schilderung beim Amt,
dessen prüfender Nachfrage, auch beim Hausarzt,
eröffnete man Luc, dass eine solche Bewilligung gegeben
werden könne, sofern sich die Ehefrau oder der Ehemann
gleichzeitig zu einer Unterbindung verpflichteten. Dies
war chirurgisch beim Ehemann lediglich ein ambulanter
Eingriff, also sehr viel einfacher als bei der Ehefrau.
Deshalb ging Luc und unterzog sich dieser hiezu
notwendigen kleinen Operation.

Gegen eine Amtsgebühr von 1000 „Silberlingen"
erhieten Luc und Linda die Bewilligung zum
Schwangerschaftsabbruch beim hiefür zuständigen
Amtsarzt. So konnte diese Schwangerschaft noch recht
früh, in dessen zweitem Monat unterbrochen werden.

Das Problem der zu kleinen Wohnung war jedoch damit
noch nicht gelöst. Linda glaubte immer noch fest an die
Möglichkeit eines Einfamilienhauses. Wieder auf einer
solchen von Luc als Spaziergang gedachten
Besichtigungsfahrt fiel ihnen ein im Bau befindliches
kleines Haus auf, das genau auf ihre Bedürfnisse
zugeschnitten wäre. Linda motivierte dann Luc, doch
einmal im Geschäft nachzufragen, ob dieses für eine
Übernahme dieses Hauses helfen würde.

Nach Kenntnis des Hauspreises orientierte sich Luc über
die notwendige Anzahlung, und einer zu erhaltenden
möglichen Hypothek, sowie die vertraglichen
Möglichkeiten zur Abzahlung eines Hypothekteiles.
Auf Grund ihrer finanziellen Lohnsituation erstellte er
eine mathematisch mögliche Amortisationrechnung für
die Abzahlung eines eventuellen Anzahlungsdarlehen
sowie eines erhöhten Teiles einer notwendigen
Hypothek.
Er nahm sich vor, sein Anliegen, wenn möglich, direkt
dem Firma-Verwaltungsratspräsidenten vorzutragen.
Glück hatte er, dass er den Verwaltungsratspräsidenten
im Geschäft telefonisch erreichen konnte, und von ihm
einen Besprechungstemin erhielt.

Die Art des Antrages, mit der fachlich einwandfreien
Amortisationsrechnung, hat dem Präsidenten offenbar
gefallen und er versprach Luc, sich diese Angelegenheit
zu überlegen und wieder Bericht zu geben. Zwei Tage
nachher erhielt Luc vom Personalbüro die Nachricht,
dass die Firma bereit wäre dieses Haus zu kaufen und an
ihn zu vermieten. Als er zu Hause mit Linda diese
Nachricht diskutierte, argumentierte Linda, dass sie bei
Miete keine guten Möglichkeit hätten später Eigentümer
des Hauses zu werden. Die Hoffnung bestand dazu, dass
ihnen die Firma eine Hypothek und das notwendige
Darlehen zur Verfügung stellen würde, so, damit sie das
Haus selber kaufen konnten. Eine Miete beinhaltet ja
auch stets den Hypothek- und Darlehenszins, die bei
Kauf laufend amortisiert werden könnten. Mit dieser
Überlegung und Argumentation gelangte Luc dann
andertags an das ihn im Vortag orientierende
Personalbüro.

Nach entsprechender Rücksprache des Personalbüros mit
dem Präsidenten erhielt Luc dann anschliessend das
Einverständnis zu seinem Vorschlag. So wurde die lang
gehegte Idee Lindas Realität. Es war das erste Mal, dass
die Firma einem Mitarbeiter ein solches Darlehen für
einen Hauskauf zur Verfügung stellte. Ausschlaggebend
für diesen grossen Goodwill waren sicherlich auch die
guten Leistungen Luc's und die entsprechende
Qualifikationsinformation seiner Vorgesetzten an das
Personalbüro und den Präsidenten.

So bezog Luc mit seiner Familie, knapp zwei Jahre nach seinem Stellenantritt in Reiken, das nun von ihnen gekaufte, im ländlichen Dorf ausserhalb von Reiken liegende, Einfamilienhaus. Die vereinbarten Rückzahlungen von Darlehen, und des zurück zu bezahlenden Hypothekteiles konnten sie gut verkraften. Die in diesen Jahren sehr gute Konjunkturlage, mit den dabei laufenden Lohnerhöhungen, wirkten sich dabei als grosse Erleichterung aus. Damit waren die „Nachwehen" des Anstellungs- und Wohnortwechsels auch überstanden.

Eveline war nun bereits zwei Jahre alt. Wegen ihrem Gaumengebrechen zeigten sich je länger je deutlicher Probleme mit dem Sprechen. Eveline hatte zu viel Mühe mit den Vokalen. Auf Grund ärztlicher Empfehlung brachte man Eveline zur Sprachschule. Für zirka 6 Monate war sie jeweils von Montag bis Freitag dort und konnte über das Wochenende nach Hause geholt werden. Mit Erfolg konnte Eveline dann die Sprachschule wieder verlassen.

Luc stand nun in seinem 36-ten Altersjahr. Das Leben hat ihm bisher, seit er in einem etwas zweifelhaften Umfeld, als neuer Erdenbürger diese Welt erblickte, manch schwieriges Hindernis in den Weg gestellt. Bis zu seinem Entwicklungsschub zur Selbsständigkeit erwuchs er in insgesamt 13 verschiedenen, helvetienschen Lebensumgebungen.

Nachwort

In diesen meist sehr unterschiedlichen Gesellschafts-
kreisen musste Luc einerseits viele unrühmliche, eines
christlichen Helvetiens unwürdige Erlebnisse,
hinnehmen. Andererseits stand er dabei stets unter der
lückenlosen Obhut eines starken Schutzengels. Auch
durfte er, innerhalb dieses jenseitigen Schutzes, wertvolle
Führung und geistige Intuitionen, zuhanden seiner
Persönlichkeits-Entwicklung und Lösungshilfen bei
schwierigen Lebensaufgaben erfahren.
Das Ziel einer persönlich positiven Lebensentfaltung,
verbunden mit einer ausfüllenden, sinnvollen
Lebensaufgabe, sowie einem befriedigenden sozialen
Status war ihm nun beschieden. Dies kostete ihn, mit
allen Ausbildungswegen und Erfahrungssammlung die
Zeit von 20 Jahren. Und dies innerhalb einem anfänglich
nicht rosigen Start zu einer eigenen Familie.
Die nicht erfreulichen Kindheits- und Jugenderfahrungen
haben wesentlich dazu beigetragen, dass Luc stets das
Ziel vor sich hatte, einer Familie ein angenehmes
soziales Dasein, und besonders den eigenen Kinder eine
glücklichere Jugend- und Ausbildungszeit zu sichern.
Luc war sich auf Grund seiner religiösen Erkenntnisse
auch bewusst, dass diese Art und Möglichkeit einer
Selbstentfaltung ein von Gott ermöglichter Weg war.
Das heisst, das menschliche Leben ist ein
Zusammenwirken von göttlicher Wegvorgabe und dem
ihm von Gott gegebenen freien Willen zu eigenen
Entscheidungen und Handlungen.

Die Geschehnisse in Luc's Leben kennzeichnen aber nicht allein gesellschaftliche Probleme und Nöte nur seiner Zeit. Die an diese Lebensgeschichte anschliessenden, und auch später in Helvetiens Landen folgenden Zeiten, werden stets ähnliche Lebensprobleme bringen. Eigennutz, fehlendes Mitgefühl gegenüber echten Nöten von Mitmenschen wird es so lange geben als die Menschheit vorwiegend materialistisch geprägt ist. Rein äusserlich können Probleme infolge der laufenden technischen, wissenschaftlichen und sozialen Entwicklung lediglich nur andere Gesichter zeigen. Ähnliche menschliche Nöte und Schicksalszeiten wie Luc sie durchleben musste wird es weiterhin geben. Daraus erwächst uns aber eine verstärkte ethische Pflicht zur gegenseitig uneigennützigen, echten Lebenshilfe, besonders gegen Schicksalsbetroffene und Schwache in unserer Gesellschaft.

Im gleichen Verlag erschienen:

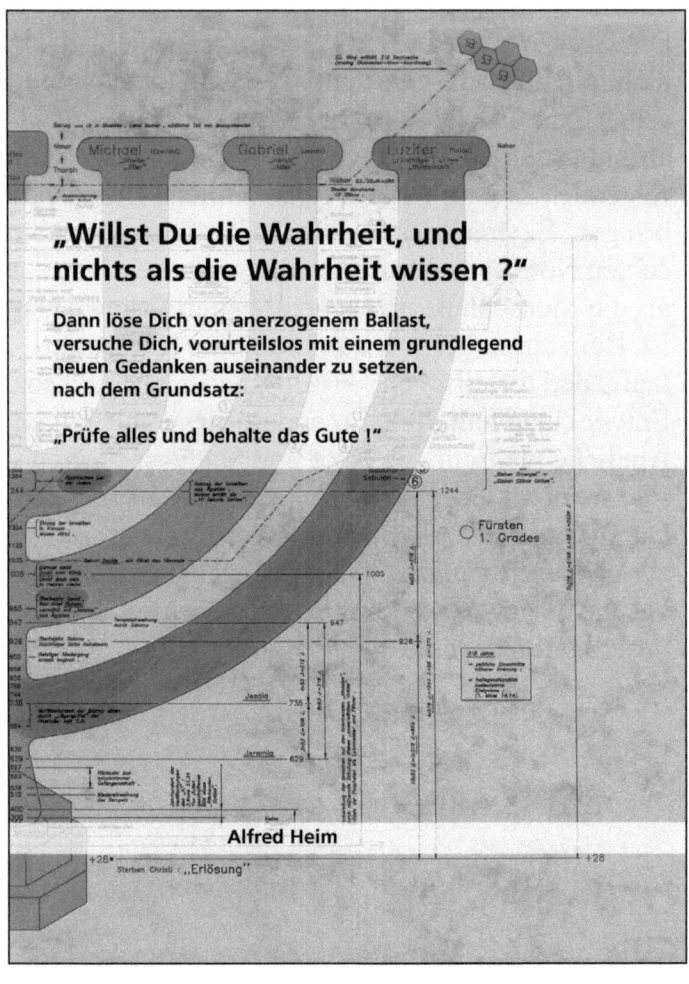

„Willst Du die Wahrheit, und
nichts als die Wahrheit wissen ?"

Dann löse Dich von anerzogenem Ballast,
versuche Dich, vorurteilslos mit einem grundlegend
neuen Gedanken auseinander zu setzen,
nach dem Grundsatz:

„Prüfe alles und behalte das Gute !"

Alfred Heim

Der Geist der Wahrheit

Ur-Christentum und heilige Ur-Schriften sind Quellen des
Wissens über das Wesen des Menschen und der Welt.
Sie geben wertvolle Antworten auf die wichtigsten Fragen
unserer irdischen Existenz: Wer sind wir und warum sind
wir auf der Welt? Was ist die Welt und warum gibt es sie?

Überzeugend belegt Alfred Heim in

„Willst Du die Wahrheit, und nichts
als die Wahrheit wissen?",

dass die christliche Lehre in ihrem Kern immer noch gültige Wahrheiten enthält, die trotz wechselvoller Welt- und
Kirchengeschichte, sowie naturwissenschaftlicher Erkenntnisse, weiterhin Bestand haben und den Menschen ihren
Daseins-Sinn plausibel erklären.

Konsum ist die neue Religion? Weit gefehlt,
Gottes Lehre bieten weitaus mehr Reichtum!

Die detailreiche Gedankensammlung bietet einen uner-
schöpflichen Vorrat an richtig guten Antworten, die die
Besinnung auf echte Werte und Tugenden leicht machen!
Anhand neu interpretierter Bibelzitate beweist der Autor,
dass Gott existiert und die abendländische Religion, trotz
und gerade mit der Vernunft, neben Mathematik und Phy-
sik problemlos bestehen kann. Kritische Betrachtungen der
Jahrhunderte alten Auslegungen von Kirche und Schriftge-
lehrten sowie anschauliche Darstellungen der Weltge-
schichtschronologie zeigen, dass die heutige Bibel voller
Fehlinterpretationen und irreführender Darstellungen ist
und essentielle Botschaften so verloren gegangen sind.

Gründlich räumt Alfred Heim mit diesen Missverständnissen auf und belegt durch zahlreiche Zitate, was Gott und Jesus wirklich meinten! Nah am Inhalt der Heiligen Schrift schildert er plausibel die wichtigsten Grundzüge einer faszinierenden Weltanschauung.

Mittels realistischer Beispiele erklärt er Grundübel der Menschheit und die Rolle Luzifers sowie den Sinn weltgeschichtlicher Ereignisse. Welcher Wille Gottes steht hinter den oft tragischen Vorkommnissen? Warum lässt er Katastrophen zu? Überzeugende Argumente untermauern die Vorstellung eines irdischen Daseins als einer Schule für die Seele – der Mensch als Lernender, der sich auf das Jenseits vorbereitet! Kompetent aufbereitetes Wissen zu Themen wie Himmel und Engel, Satan als Herrscher der Welt und die echte Botschaft des Vaterunser zeigen:

so spannend kann Bibelkunde sein!

Mit diesem interessant und fesselnd aufbereiteten Standardwerk zu grundlegenden Daseinsfragen aus christlicher Sicht dürften selbst eingeschworene Atheisten ins Grübeln geraten!

Willst Du die Wahrheit, und nichts als die Wahrheit wissen?

Dann löse Dich von anerzogenem Balast,
versuche Dich, vorurteilslos mit einem grundlegend
neuen Gedanken auseinander zu setzen,
nach dem Grundsatz :
„Prüfe alles und behalte das Gute !"

ISBN 978-3-8334-8318-9.